LE GRAND MAÎTRE DE VIE

DU MÊME AUTEUR
CHEZ LE MÊME ÉDITEUR

N° 1 : LA HACHE DE BRONZE
N° 2 : LE GUERRIER DE JADE
N° 3 : LES AMAZONES DE THARN
N° 4 : LES ESCLAVES DE SARMA
N° 5 : LE LIBÉRATEUR DE JEDD
N° 6 : LE MAUSOLÉE MALÉFIQUE
N° 7 : LA PERLE DE PATMOS
N° 8 : LES SAVANTS DE SELENA
N° 9 : LA PRÊTRESSE DES SERPENTS
N° 10 : LE MAÎTRE DES GLACES
N° 11 : LA PRINCESSE DE ZUNGA
N° 12 : LE DESTRIER DORÉ
N° 13 : LES TEMPLES D'AYOCAN
N° 14 : LES RÊVEURS DE XURA
N° 15 : LA TOUR DES DEUX SAGESSES
N° 16 : LES MERS DE CRISTAL
N° 17 : LES CHASSERESSES DE BREGA
N° 18 : L'ÉCHIQUIER VIVANT DU HONGSHU
N° 19 : LES RAVAGEURS DE THARN
N° 20 : LES BARBARES DE SCADOR
N° 21 : LES CONSACRÉS DE KANO
N° 22 : L'EAU DORMEUSE DE DRAAD
N° 23 : LES CINQ ROYAUMES DE SARAM
N° 24 : LES DRAGONS D'ANGLOR
N° 25 : LA TRIBU ROUGE DES KARGOIS
N° 26 : LES ANDROÏDES DE MAK'LOH
N° 27 : LA COURTISANE DE DAHAURA
N° 28 : LE MAGICIEN DE RENTORO
N° 29 : LE TYRAN DE TARGA
N° 30 : LE MALÉFICE DU NGAA
N° 31 : LES GLADIATEURS DE HAPANU
N° 32 : LES RÉVOLTÉS DE MYTHOR
N° 33 : LA FORÊT CARNIVORE DE JAGHD
N° 34 : LES DESCENDANTS DES MAÎTRES DU CIEL
N° 35 : LES SEPT DUCHÉS DU FLEUVE CRAMOISI
N° 36 : LA VENGEANCE DU MAÎTRE DU CIEL
N° 37 : LA CAVERNE DE L'IDOLE
N° 38 : LES AÉRIENS DE K'TAR
N° 39 : LES DIEUX DE LA MORT LENTE
N° 40 : LES MANGEURS D'HOMMES D'ILETROIS
N° 41 : LES CHEVALIERS-DRAGONS DE KHARM
N° 42 : LES ADORATEURS DE DSCHUBBA

Nº 43 : L'EMPEREUR DE WORAD
Nº 44 : LES HORDES DU GRAND OCÉAN
Nº 45 : LES LÉGIONS DE KORUM
Nº 46 : L'ÉMERAUDE DE JOKKUN
Nº 47 : LES DEUX REINES DE DRAKO
Nº 48 : LES ZOMBIES DE VIKKA
Nº 49 : L'AMBASSADRICE DES KHUNS
Nº 50 : LE PROPHÈTE FOU DE DRYDEN
Nº 51 : LE FIEF DE CIPANG'HO
Nº 52 : LES PRÊTRES-ROIS DE TARKOS
Nº 53 : LES BERSERKERS DU PAYS-ROUGE
Nº 54 : LES HORDES DE PIERRE
Nº 55 : L'ENVOYÉ DE MICTAN
Nº 56 : LE COMBAT
Nº 57 : LE COMPLOT DES SIN'KAS
Nº 58 : LES SÉQUESTRÉS DE RHIVA
Nº 59 : LE TRAÎTRE DU JEHOL
Nº 60 : LES CYCLOPES DU DIEU SERPENT

JEFFREY LORD

BLADE
LE GRAND MAÎTRE DE VIE

PRESSES DE LA CITÉ
PARIS

ISBN 2-258-02183-9

CHAPITRE PREMIER

La veille, il avait encore fait vingt degrés à Londres. C'était un siècle avant aujourd'hui. Ce matin, un fin crachin glacial vernissait les rues de la city et Richard Blade avait dû mettre le chauffage de la Rover pour dissiper la buée qui ruisselait sur la face intérieure du pare-brise. Seul point commun entre la veille et aujourd'hui, la circulation.

Démente. Comme toujours !

Blade consulta sa montre. Dix heures passées. Il devrait déjà être dans l'ascenseur secret de la Tour de Londres. Or, à cette allure, il pouvait tout juste espérer arriver à temps pour le lunch. Lord Leighton allait être furieux. Une fois de plus.

Malgré son irritation, Richard Blade sourit. Lord Leighton était non seulement un véritable génie, mais c'était finalement un personnage attachant. Une figure haute en couleur, au caractère tenace et redoutable. Sans doute une des rares sommités du royaume, capables d'impressionner une femme de la trempe de

Maggy Thatcher. Récemment encore, ils s'étaient, paraît-il, violemment accrochés à propos d'une sombre histoire de budget, portant sur le fameux et hyper-secret Projet DX. Richard Blade n'avait qu'un seul regret ; celui de n'avoir pu assister à la scène. Madame le Premier ministre avait dû être folle furieuse qu'on osât lui tenir tête. Surtout quand on savait, comme l'avait parfois dit J, le vieux chef anonyme de M16, que le Projet DX coûtait au Royaume-Uni environ l'équivalent d'un destroyer par an.

Un bus à impériale dépassa la Rover en bringuebalant et Blade se rendit compte alors que la circulation s'était miraculeusement fluidifiée. Il accéléra, vira à l'angle du haut mur de briques de l'école de langues Inlingua ; perché sur son échelle, un colleur d'affiches y apposait une immense publicité « Hennessy Glace », cette boisson made in France qui risquait de détrôner les très british whiskies locaux. La pluie tombait maintenant à seaux et la circulation ralentit de nouveau. Quand, vingt minutes plus tard, Blade gara la Rover tout près de la vieille forteresse, il était littéralement sur les dents.

Il dut pourtant se soumettre aux multiples contrôles effectués par les hommes de la Special Branch affectés à la garde du laboratoire DX. Trempé, il s'engouffra dans l'ascenseur dont seul quelques initiés connaissaient l'existence et qui, soixante mètres plus bas, aboutissait aux portes en bronze de l'antre du vieux savant.

— Je craignais qu'il ne vous soit arrivé quelque chose lança J en s'avançant vers lui.

Parfois, J avait à l'égard de Blade des comportements de mère poule. Le vieux maître espion aurait indubitablement aimé avoir un fils comme Blade. Les deux hommes se serrèrent la main, puis, soudain rembruni, le chef des services secrets aux allures de gentleman-farmer passa une main parcheminée dans ses cheveux presque blancs.

— Quelque chose ne va pas ? s'inquiéta Blade.

J le poussa vers l'entrée de la grande salle des ordinateurs et lui souffla dans l'ouïe, sur le ton de la confidence :

— Lord Leighton m'inquiète. Je le trouve apathique. Comme... comme malade. Mais voyez vous-même.

Le vieux savant arrivait vers eux, actionnant son fauteuil roulant futuriste aux multiples cadrans de contrôle. Déformé par la polio, son corps semblait encore plus cassé qu'à l'habitude. Et, derrière ses verres de lunettes épais comme des culots de bouteilles, ses petits yeux d'ordinaire illuminés d'impatience, voire de colère, étaient ternes et sans expression. Faisant pivoter son fauteuil sur un axe réduit, il leva la tête en la penchant de côté, détailla mornement Richard Blade, avant de déclarer d'une voix désenchantée :

— Je me demande à quoi tout cela peut bien servir.

Stupéfait, Blade observait le vieux savant, incapable de comprendre ce qu'il avait voulu dire. Il lança enfin :

— Bonjour, monsieur.

— C'est ça, renvoya Lord Leighton d'une voix monocorde. Bonjour. Comment vous sentez-vous, ces temps-ci ?

Blade faillit en avoir le hoquet. Jamais le vieux savant acariâtre ne s'était montré aussi aimable avec personne. Il devait décidément être très malade. Lançant un regard entendu en direction de J, Blade esquissa une moue indécise, avant de répondre :

— Bien, bien... merci.

— Alors, grinça soudain Lord Leighton en s'animant subitement, je me demande pourquoi vous êtes tellement en retard !

— Eh bien, je...

— Je me demande aussi, coupa le vieillard, à quoi cela sert-il que je sacrifie mes pauvres vieux jours à une cause dont tout le monde semble se moquer !

— Allons ! intervint J. Vous exagérez. Cette sacrée circulation londonienne...

— Vous, l'espion, laissez-moi dire ce que je pense à ce jeune dilettante, fulmina Lord Leighton, au comble de l'excitation. Vous m'avez cru malade, hein ? Eh bien, sachez, Richard Blade, que je ne suis pas près de l'être et que, dorénavant, je serai de plus en plus pointilleux sur les horaires de nos rendez-vous. Décidément, acheva le savant, en tournant subitement le dos, je regrette qu'aucun autre Britannique ne semble pouvoir supporter les effets de la translation. J'apprécierais grandement le confort du choix, Richard Blade.

En se dirigeant vers le vestiaire voisin, Blade ne put retenir un sourire. Tout allait bien. Lord Leighton n'était pas vraiment malade. A en juger par la force de sa voix, il était même en pleine forme.

Un instant plus tard, seulement vêtu du pagne que le sens de la pudeur du vieux savant rendait indispensable, et enduit de la fameuse pommade nauséabonde qui le protégeait des brûlures, Blade alla s'asseoir sur l'espèce de chaise électrique de la cabine de tanslation. Dès qu'il y fut sanglé, Lord Leighton vint le barder d'électrodes et, entouré de tous ces fils multicolores, il ressembla bientôt à un bizarre et ridicule paquet cadeau. Mais il n'eut guère le temps de philosopher sur les aléas de la recherche scientifique. Déjà, la cage métallique descendait autour de lui et Lord Leighton s'installait devant les pupitres clignotants des computers. Blade intercepta le regard amical de J, lui sourit et leva le pouce à l'intention du vieux savant. Ce dernier esquissa un vague mouvement d'épaules, posa sa main parcheminée sur la manette rouge qui lançait le programme de translation et, après un dernier regard aux multiples cadrans allumés devant lui, il abaissa le levier.

Richard Blade eut à peine le temps de noter le signe d'adieu de J. Un fantastique maelström l'emporta, écrasant, éclatant son corps dans un formidable jaillissement d'intenses lumières. Sa bouche s'ouvrit sur un cri muet, son cerveau entra en ébullition, son sang torrentiel gronda dans ses veines et son cœur rugissant parut exploser dans une épouvantable et dernière contraction.

Puis ce fut le néant... et enfin, la paix.

CHAPITRE II

Ce sentiment de paix ne dura pas longtemps. Démentielle, l'inévitable vague de douleur enveloppa entièrement Blade, le submergeant comme un raz de marée glacé. Dispersés dans l'insondable vide interdimensionnel, les atomes de son corps semblaient à jamais perdus entre les millards d'univers qu'il venait de traverser. Puis, alors que l'esprit de Blade était torturé par l'épouvantable souffrance de la dispersion, alors que chacune des cellules qui le composaient semblait à jamais absorbée par le néant, il sentit les myriades d'étoiles de vie qu'il croyait éteintes se ruer de nouveau à sa rencontre. Cela fit une incroyable explosion lumineuse qui s'acheva en un plongeon vertigineux au centre d'une galaxie de feu livide. Enfin, les sons revinrent emplir sa tête et sa chute ralentit graduellement. Il eut ensuite l'impression de flotter dans un air liquide, tandis que des restes de son être se rematérialisaient. Enfin, il eut conscience que son corps était de nouveau homogène et que ses pensées retrouvaient un cours logique... au sens humain du terme.

Et il eut froid.

Ce fut sa première impression post-translatoire. Une impression désagréable de froid mouillé sur tout le corps. Puis il y eut l'odeur. Ecœurante. A la fois fétide et acidulée. Une odeur qui lui rappelait vaguement quelque chose, mais qu'il ne parvenait pas à identifier complètement. Sans doute parce qu'elle était trop forte. Elle pénétrait son nez, ses poumons, avec une violence inusitée, sans en ressortir lors des expirations. Il en avait la nausée et éprouvait une horrible sensation d'étouffement. Et plus il respirait, plus il étouffait. Sous son crâne encore vrombissant du formidable voyage parmi les univers dimensionnels, les idées ne parvenaient pas vraiment à se remettre en place. Au point qu'il perdait même parfois conscience du vrai problème.

Celui de la survie.

Car il était en train de mourir.

Il était paralysé. Complètement. Il ne sentait aucun de ses membres et ses sensations se limitaient à la simple perception intellectuelle. Il se savait en train de mourir et, si son corps le refusait dans chacune de ses cellules, son cerveau, lui, l'acceptait avec la philosophie qu'engendre la fatalité. D'un côté, il y avait ce corps qui souffrait d'étouffer dans cette puanteur, de l'autre l'esprit engourdi qui...

L'esprit engourdi!

Dans sa demi-inconscience, Blade réalisa soudain ce qui était en train de se passer. Il avait reçu un choc. La phase terminale de la translation s'était mal déroulée. Quelque chose qu'il ne comprenait pas encore avait cloché. Il était là, revenu à l'état humain homogène et il se laissait enliser dans le renoncement.

Enliser !

C'était précisément ce qu'il ressentait également au niveau du corps. Un enlisement total. Glacé. Un début de mort par étouffement qui lui fit soudain peur, peut-être simplement à cause de cette pestilence. Ces remugles qui semblaient à présent s'être infiltrés jusqu'au fond de sa chair. Une odeur... de mort.

Il fallait survivre.

Il essaya encore de bouger. D'abord un bras. Sans succès. Puis une jambe. Sans plus de résultat. Il tenta de tourner la tête, y parvint enfin. Mais l'effort déployé le terrassa. Trop fatigué. Et cette odeur liquide qui lui volait sa vie ! Blade se demanda si les mauvaises odeurs pouvaient tuer un homme, ne trouva pas de réponse et entreprit de compter. De compter vraiment. Pour s'accrocher encore à quelque chose. En partant du chiffre 1 et en allant vers...

Quand il arriva à dix, son esprit sombra une nouvelle fois. Il perdit conscience, « voyagea » dans des limbes où explosaient des éclairs multicolores et où des sons traînants et lugubres se succédaient en résonnant en échos infinis. Dans un dernier éclair de lucidité, il réalisa qu'il était en train d'agoniser et pensa que c'était stupide, injuste et très inutile. Alors, du fond de ce coma qui le gagnait, il eut une réaction primaire. Celle d'un enfant à la fois rageur et peureux. Il tapa du pied. Violemment. Son talon rencontra une surface molle et gluante, quelque chose s'enroula autour de ses orteils. C'était à la fois doux et filandreux, et le mouvement que fit Blade pour s'en débarrasser eut l'effet contraire. Il tira sur sa jambe et deux évidences s'imposèrent à son esprit englué. D'une part, il avait enfin réussi à bouger, d'autre part, la chose filandreuse le clouait maintenant au fond.

Au fond de quoi ?

Il était dans l'eau. Il se noyait ! Alors que ses poumons menaçaient à présent d'exploser, alors que ses esprits sombraient dans des abysses sombres et nauséeux, il en fut un instant persuadé. Puis, dans un ultime sursaut de bon sens, il comprit qu'il se trompait. Il n'était pas dans l'eau. Cet élément qui l'étouffait comme une gangue n'était pas vraiment liquide. C'était à la fois visqueux et boueux.

De la boue !

Il était en train de se noyer dans de la boue. Un cloaque fétide et immonde qui pénétrait chaque pore de sa peau, qui l'étouffait de l'intérieur. Un formidable sursaut lui fit violemment tirer sur sa jambe et, cette fois, il réussit à remonter un peu.

Centimètre par centimètre, tandis qu'un intense bourdonnement lui emplissait le crâne et que sa conscience s'enfonçait davantage dans un gouffre sans fond, il parvint à libérer son pied de la chose visqueuse et à remonter. Imperceptiblement, il progressait vers la surface. Du moins, ce qu'il pensait être la surface. Si son esprit oblitéré se trompait, c'était fichu pour lui. Dans moins d'une minute, il sombrerait. Et ce serait la mort. Une mort horrible au-delà de tout ce qu'il avait pu imaginer ou rencontrer dans sa vie de dangers. La plus atroce... car, jusqu'à la fin, il ignorerait ce qui le tuait. Il tira, tira encore, avec la rage du désespoir, dernière lueur de conscience qui l'habitait encore. Et puis, d'un coup, tout céda, et il fut littéralement propulsé vers le haut.

Il avait gagné !

Sa tête creva une surface boueuse, sa bouche ouverte happa l'air et, un instant plus tard, il ouvrit ses yeux brûlants. Secoué de frissons, les jambes tremblantes et toujours immergé jusqu'aux épaules, il distingua une surface où flottaient des formes, pauvrement éclairées par une aube... ou un crépuscule verdâtre. Visage tendu vers un ciel blafard où s'effilochaient des nuées grisâtres, il aspirait l'air à larges goulées, laissant son rythme cardiaque se calmer. Mais il y avait toujours cette odeur de pourri et, alors que les bourdonnements s'estompaient peu à peu dans sa tête, de longues plaintes lugubres lui parvinrent aux oreilles. C'était comme des sanglots venus de partout à la fois, glissant sur la surface fangeuse et convergeant vers lui.

Comme un sinistre chant de mort.

Il avait réussi à se libérer de l'écheveau filandreux enroulé autour de ses pieds. Mais ses mains restaient prisonnières. Emmêlés dans ses doigts, des fils invisibles semblaient vouloir le retenir dans la gangue boueuse. Alors, respirant mieux, mais les pensées encore brumeuses, il tira sur ses bras, halant le fardeau vers lui. Quand la chose creva la surface, de grosses bulles éclatèrent, libérant une effroyable odeur de pourriture. Blade eut un haut-le-cœur, fronça les sourcils et dut s'essuyer les yeux d'un revers de bras, avant de distinguer ce qu'il venait de faire remonter.

Des cheveux !

Longs, boueux, glacés.

Tout un casque de cheveux fangeux, encore soudés à un crâne ! Il venait de remonter un corps. Un cadavre ! Le regard dilaté par l'horreur, il fixait l'effroyable apparition, ne parvenant pas à desserrer ses doigts, hypnotisé par l'œil unique et crevé qui pendait hors de son orbite. Sous les lambeaux de chair décomposée, on devinait les os blanchâtres et, à la hauteur de la bouche, à présent privée de lèvres, des dents jaunes et déchaussées esquissaient un atroce rictus. Le cœur au bord des lèvres, la tête en feu, se demandant si cette infernale vision n'était pas tout bonnement une des phases d'une douloureuse translation inachevée, Blade rejeta le cadavre avec violence, détourna les yeux. Il ressentait le plus abominable choc psychologique de toute sa vie d'aventures. Cette fois, il connaissait la peur. La peur totale ; celle qui dévore les entrailles.

Car toutes ces choses qui flottaient autour de lui et qui répandaient cette pestilence n'étaient que des cadavres en putréfaction ! Des cadavres qui hurlaient encore du fond de la mort. Comme aspiré vers le bas, le corps glacé de Blade s'enfonçait de nouveau dans le cloaque. Il s'enlisait dans un gigantesque charnier... où des centaines... des milliers de cadavres en décomposition hurlaient à la mort.

Il était arrivé en enfer!

CHAPITRE III

Blade mourait de nouveau. Interminablement. Ce supplice semblait pouvoir durer une éternité. Attiré par le fond, affaibli par ce combat incertain contre un ennemi bourbeux, Blade sombrait. Il coulait avec pour seule bouée de sauvetage ce cadavre de femme aux chairs pourries et aux cheveux poisseux. En réalité, il se sentait surtout mourir dans sa tête. Il savait confusément que son corps d'athlète pourrait immédiatement répondre aux ordres de survie que lui aurait lancé son cerveau. Mais, sans doute perturbé par la terrible épreuve de la translation, son esprit ne commandait plus. Alors que Blade allait retoucher le fond du cloaque, alors que tout se liquéfiait dans sa tête, son corps révolté réagit enfin. Avec violence. Ses doigts lâchèrent les cheveux du cadavre, ses bras se jetèrent vers le haut et, d'un formidable élan, il se propulsa vers la surface, visage levé vers le ciel vert, bouche déjà ouverte pour happer l'air et la vie. Il émergea dans un jaillissement boueux, faisant osciller un corps de vieillard à demi rongé de pourriture, et dont les bras décharnés s'ouvraient dans le vide, comme pour supplier qu'on le laisse en paix.

Emplissant ses poumons d'un air vicié aux remugles insupportables, Blade s'arrachait enfin à la prostration. Ce n'était encore qu'une réaction inconsciente, car son cerveau engourdi dormait toujours. Instinctivement il ferma les yeux pour ignorer les horribles choses qui glissaient contre lui, et nageant, rampant sur la vase et battant frénétiquement des jambes, il parvint à se hisser sur le refuge d'une étroite bande de terre qui paraissait plus ferme. S'accrochant aux longues herbes grasses et noires, tirant de toute sa force sur ses bras affaiblis, il se laissa enfin retomber, inerte et essoufflé, sur un sol un peu plus stable. Il resta là, visage enfoui dans une matière chaude et douce qui lui sembla vivante. Mais, dans l'état où il était à présent, il ne voulait plus comprendre. Une seule chose importait : vivre.

— Non ! Va-t'en !

La voix venait de très loin, comme si elle avait traversé des galaxies. De si loin que Blade n'avait rien compris de cette langue étrange et mélodieuse à la fois.

— Va-t'en !

Blade se sentit repoussé, secoué, chassé de cette masse tiède et accueillante. Il ne savait pas encore très bien s'il était mort ou vivant. Il était même incapable de savoir s'il était encore dans sa dimension habituelle, ou si la translation s'était opérée.

— Fiche le camp !

La voix inconnue s'était faite dure. Une voix de

femme. Jeune. Du moins, Blade en fut-il convaincu. Mais les facultés extra-sensorielles de « traduction » que lui permettait la translation pouvaient tout aussi bien le tromper. Il prit appui sur un coude, parvint à relever la tête et, dans la pénombre, il la distingua.

Elle était nue, assise en tailleur, et Blade avait précisément choisi une de ses cuisses pour oreiller. Sachant déjà combien sa question était stupide, il grogna :

— Qui es-tu ?

La jeune femme resta muette un moment. Autour d'eux, ce n'étaient que plaintes, sanglots et gémissements étranges, sinistres et lointains. La faible clarté verdâtre n'arrangeait rien, et Blade se dit qu'il n'avait jamais été catapulté dans un univers aussi lugubre.

— Qui es-tu ? répéta Blade.

De son interlocutrice, il ne devinait qu'une vague silhouette se détachant sur le fond du ciel plus sombre maintenant. Il en déduisit qu'il s'agissait bien d'un crépuscule et non d'une aurore.

— Et toi, qui es-tu ?

— Blade. Richard Blade.

Il lançait des regards autour de lui, découvrant aux lueurs vertes du couchant un décor immense de marais où flottaient une multitude de cadavres. Au loin, bas sur la ligne d'horizon, il lui sembla apercevoir quelque chose qui ressemblait à un mirador, mais, à cet instant, de lourds nuages accourus du fond du ciel obscurcirent ce paysage lunaire de leur épais manteau noir. Le vent se fit plus vif, plus froid aussi et Blade frissonna.

— Ce nom n'est pas d'ici, reprit la voix de l'inconnue. Serais-tu un de ces lâches de Luckes ?

Peu à peu, Blade reprenait son souffle. Il s'essuya le visage d'un revers de main, cracha encore un peu de boue et, s'arrachant enfin à la contemplation de ce décor d'apocalypse, il tenta sans succès de discerner les traits de cette femme. Mais la nuit tombée, il ne discernait plus qu'une ombre, à peine perceptible. Il y renonça se contenta de répondre :

— J'ignore qui sont les Luckes, mais je n'en suis pas un.

— Tu mens. Les Luckes portent parfois des noms semblables au tien.

— Je ne suis pas un Lucke, insista Blade en se redressant tout à fait.

L'inconnue grogna, recula sur les genoux pour lui échapper complètement. Puis, appuyée sur le sol herbu comme une athlète avant le départ d'un cent mètres, elle lâcha d'une voix sifflante :

— Tu es un Lucke. Je le vois.

Epuisé, Blade aurait volontiers abandonné le dialogue pour s'endormir là, mais Lord Leighton n'arrachait pas ses crédits aux Premiers ministres successifs pour qu'il dorme. Il insista donc :

— A quoi le vois-tu ?

— Ta couleur de peau, bien sûr. Et puis ton accent.

Avec la couche de boue qui le recouvrait, Blade se demandait bien comment elle avait pu voir la couleur de sa peau. Quant à l'accent en question, il en parlerait à Lord Leighton... s'il le revoyait jamais. Il secoua la tête en s'essuyant de nouveau le visage.

— Désolé de te décevoir, dit-il.

— Tu mens !

Au son de sa voix, il devina qu'elle tremblait. Sans doute de froid, car elle ne semblait pas spécialement effrayée par lui.

— Tu as froid ? s'inquiéta-t-il.

Rageuse, elle renvoya :

— Depuis quand les Luckes se soucient-ils de la santé des Arbats ?

— Donc, tu es une Arbat, déduisit Blade en achevant de reprendre son souffle. Si tu m'expliquais un peu. D'abord, quel est ton nom ?

Sur le fond sonore des gémissements alentour, elle cracha :

— Il est bien temps de te préoccuper de savoir le nom d'une Arbat. Jusqu'alors, nous n'étions que des sauvages, pour vous.

— Ecoute, soupira Blade. Je ne comprends rien à ce que tu dis. Je ne suis pas d'ici et...

— D'où es-tu, alors ?

Il marqua un temps, secoua la tête en faisant voler quelques gouttes putrides autour de lui, avant de répondre :

— Je ne suis pas sûr que tu puisses comprendre. Et encore moins me croire, laissa-t-il tomber.

— Dis quand même !

— Si tu me dis ton nom.

— Hélé.

Malgré la situation et l'angoisse qu'elle engendrait, Blade ne put retenir un sourire. La curiosité des femmes...

— Alors !

Hélé s'impatientait. Elle s'était penchée vers lui et tentait de discerner ses traits. Brusquement, une espèce de complicité s'était installée entre eux. Elle le croyait. Ou presque.

— Alors ! insista-t-elle. D'où viens-tu ?

— Du vingtième siècle et de la planète Terre.

Cet aveu fut ponctué d'un long silence. Relatif. Autour d'eux, les plaintes moribondes semblaient s'être amplifiées avec l'arrivée de la nuit. Blade frissonna. On ne les distinguait presque plus, mais il imaginait tous ces cadavres en décomposition qui surnageaient autour de la minuscule langue de terre.

— Je ne comprends rien à tes paroles.

— Je t'avais prévenue.

— Tu parles notre langue et tu prétends venir d'une... planète.

— Tu ignores donc ce qu'est une planète ?

— Ne me prends pas pour une femelle stupide, Richard Blade ! s'emporta la jeune femme. Et n'invente pas des mots pour me faire croire je ne sais quoi. Tu es un Lucke.

Elle s'entêtait. Sans doute parce qu'elle ne comprenait pas. Blade se débarrassa machinalement d'un peu de boue et décida qu'il prendrait le temps de lui expliquer. Ou d'essayer de le faire. Il leva les yeux vers le ciel presque noir et, lui montrant un groupe d'étoiles dans une trouée nuageuse, il lui demanda sur un ton patient, comme on parle à un enfant :

— Comment appelles-tu ces points lumineux, dans le ciel ?

Dans la nuit, il vit son fin profil se lever et elle répondit, surprise :

— Des elfs, bien sûr.

— Soit, admit Blade. Et que sont donc des elfs ?

— Serais-tu idiot, Richard Blade ?

Blade insista.

— Dis toujours.

Hélé hésita, finit par répliquer, de mauvaise grâce :

— Tu sais très bien que les elfs sont les regards de Zélon.

— Zélon ?

— Tu es décidément un imbécile de Lucke, Richard Blade. Même parmi les tiens, certains savent que Zélon est notre Grand Géomètre.

— Je vois, fit Blade.

Pour les Arbats, Zélon était Dieu et les étoiles son regard multiple. Tout ceci était très poétique. L'environnement l'était singulièrement moins. Blade lança un regard circulaire. On y voyait encore un peu, et le crépuscule ajoutait sa touche dramatique à l'intense climat d'angoisse. Mais bizarrement, la jeune femme ne semblait pas exagérément souffrir du contexte. Blade s'en étonna :

— Que se passe-t-il, ici ? Tous ces morts... et toi.

— Comme si tu ne le savais pas.

Blade se pencha vers Hélé, se fit persuasif :

— Ecoute, Hélé, commença-t-il. Je ne t'ai dit

que la vérité. Je viens réellement d'ailleurs et j'ignore totalement où je suis en ce moment.

— Comment es-tu donc arrivé ?

La colère montait dans la voix d'Hélé. Blade s'énerva :

— Je dis la vérité ! clama-t-il. Maintenant, si tu ne veux rien dire, tu te tais et je m'en vais d'ici.

— Saurais-tu nager dans la boue ? questionna Hélé, sombrement ironique. A moins que tu ne sois venu par les elfs et que tu ne repartes par le même chemin ?

— Tu y es presque, convint Blade. Du moins pour ce qui concerne mon arrivée. Quant à mon départ, ce n'est hélas pas moi qui décide.

— C'est sans doute Zélon lui-même ?

Toujours la même ironie désespérée. Blade tenta encore :

— Si tu me laissais t'expliquer...

— Si cela t'amuse, coupa Hélé. Mais tâche d'inventer une histoire captivante. Avant de mourir, ce serait bien.

— Qui va mourir ?

— Toi, moi, tous ceux qui gémissent encore dans les Infinis Marais de la Dernière Souffrance.

— Es-tu certaine que nous allons mourir ?

— Tu es vraiment stupide, Richard Blade. Tout le monde, même les Luckes, savent qu'on ne vient ici que pour mourir.

— Mourir ? Comment ?

Blade ne comprenait encore rien de précis. La seule chose à peu près claire, c'est qu'il était tombé dans un univers violent et trouble, dans lequel les épreuves n'allaient pas manquer. S'il survivait. Au moment où Hélé s'apprêtait à répondre, Blade vit surgir de l'ombre trois lourdes silhouettes. Trois hommes qui marchaient en silence dans leur direction. Tournée comme elle l'était, Hélé ne pouvait les voir. Mais, avant que Blade n'ait pu l'en avertir, son sixième sens pourtant altéré par sa demi-noyade l'alerta d'un danger.

Trop tard.

Il n'eut pas le temps d'esquiver le coup violent que lui porta sur la nuque un quatrième larron et son crâne explosa. Derrière les geysers de feu qui illuminaient ses rétines, il aperçut les trois ombres qui fondaient sur Hélé, et entendit le long cri qu'elle poussa. Puis il sombra dans un gouffre sans fond.

Un gouffre si noir qu'il ressemblait à la mort.

CHAPITRE IV

C'était insupportable. Blade était paralysé. En tous cas, ses muscles ne réagissaient plus. A moitié inconscient, il était là, écroulé dans l'herbe boueuse, visage à demi enfoui dans la fange, avec ces mains brutales qui tentaient de le noyer. Il ne pouvait que résister mollement, le regard halluciné, accroché à la scène qui se déroulait à deux mètres de lui.

Hélé, violée !

Ou presque. Les trois hommes étaient tombés sur la jeune fille et la rouaient de coups. Deux d'entre eux tentaient de l'immobiliser, tandis que le troisième, le plus grand, se glissait déjà entre ses jambes. Hélé criait, ruait, griffait, mais ne parvenait pas à se dégager de l'étreinte de ses bourreaux. Comme dans un théâtre d'ombres chinoises, Blade vit le violeur se découper sur le ciel crépusculaire, avant de plonger vers sa proie. Hélé poussa un cri strident, cracha à la face de son agresseur, essaya encore de griffer. Mais un des deux autres leva le poing et l'abattit sur son crâne. Hélé émit une plainte sourde et cessa de bouger. De son côté, Blade avait déjà failli mourir deux fois. De la plus infecte façon : noyé dans la boue où pourrissaient les cadavres. L'homme qui l'avait assommé possédait une force herculéenne. Ses gros doigts crochés dans la nuque de Blade ressemblaient à des serres d'oiseau de proie.

— NOOON !

Hélé reprenait conscience. Vautré sur elle, l'une des brutes la besognait en poussant des râles de bûcheron. Mais, alors qu'il plongeait une nouvelle fois entre les jambes de sa victime, cette dernière parvint à libérer une de ses mains et lui enfonça deux ongles acérés dans un œil en hurlant :

— Richard Blade !

Son hurlement fut couvert par celui du violeur. Il se rejeta vivement en arrière, les deux mains portées à sa tête. A ce moment, l'attention un instant détournée par les cris, l'agresseur de Blade relâcha un peu son étreinte. Cette erreur lui fut fatale. Le Britannique s'arracha à lui, pivota sur le dos, lança avec force ses deux pieds dans la face sauvage de la brute. Il y eut un choc très dur, quand les talons percutèrent le dessous du menton, un craquement de bois cassé, le type coassa brièvement, nuque brisée net. Telle une statue déboulonnée de son socle, il tomba à la renverse, raidc et lourd, au milieu d'un jaillissement de boue qui clapota sinistrement à la surface des marais.

— Richard Bla...

Sans se préoccuper de leurs complices, les deux

autres brutes s'étaient jetés sur Hélé. L'un d'eux avait réussi à l'immobiliser en s'asseyant carrément sur son visage, étouffant ses cris. Fébrile, l'autre tentait de poursuivre les odieux agissements qu'avaient commencés l'éborgné. Mais deux événements se produisirent alors simultanément. Celui qui était assis sur Hélé sentit soudain ses testicules pris dans un terrible étau, tandis que l'autre recevait le ciel sur le crâne. Hélé avait cruellement mordu le premier, et Blade venait de casser la tête du deuxième. Dans la foulée, il l'arracha littéralement du corps d'Hélé, le projeta d'un seul élan à plusieurs mètres dans le cloaque. Comme par miracle, il avait recouvré une partie de ses forces.

— Par Zélon ! gémit alors Hélé. Ces sauvages m'ont...

Elle se tut brusquement, fondit en larmes, tandis que Blade assommait le « Mordu » et l' « éborgné » pour le compte. D'un impeccable shoot en pleine tempe. Puis, se penchant sur Hélé, il voulut l'aider à se redresser.

— Non ! Tu les as laissé faire. Tu es comme eux !

Elle s'était reculée sur les genoux, levant sur lui un regard farouche, où s'allumaient des éclairs meurtriers. Blade comprenait sa réaction. Il hocha la tête.

— Tu es injuste, Hélé. Mais nous devons partir d'ici.

D'abord, il eut l'impression que la jeune fille n'avait pas entendu. Mais, alors qu'il se redressait complètement, elle laissa fuser un rire sec et dur.

— Partir d'ici ! s'exclama-t-elle âprement. Tu es décidément un Lucke trop naïf. Personne n'a jamais quitté cet endroit vivant.

— Je ne suis pas un Lucke, lâcha durement Blade.

Il en avait maintenant réellement assez. Et d'une voix coupante, il ajouta :

— Et je vais ficher le camp de ce royaume de dingues. Avec ou sans toi.

— Tu es fou. Les thors vont te...

— Qui sont ces brutes ? coupa Blade en désignant les agresseurs. D'où viennent-ils ? Ils n'avaient pas l'air de cadavres.

Farouche, Hélé garda le silence un instant, avant de jeter comme une insulte :

— Ce sont des Korbats.

— Continue s'impatienta Blade. Qui sont les Korbats ?

— Nos gardiens. Les miliciens des Zorhs.

Décidément, les choses se compliquaient singulièrement. Blade s'accroupit, gratta sa tête souillée de boue et insista plus doucement :

— Tâche de résumer.

Hélé marqua encore une hésitation, puis, d'une voix monocorde, elle commença :

— Les Zorhs sont arrivés dans le royaume d'Arbat voici des lustres. Ce sont d'étranges créatures au teint blême, aux cheveux lumineux comme les elfs et aux yeux transparents. Des êtres d'une grande intelligence qui, à les croire, étaient venus au royaume d'Arbat pour nous apporter les bienfaits de leur civilisation ; grâce à eux, nous devions franchir d'un seul coup d'innombrables degrés d'évolution.

— Ils étaient sincères ?

— Certains de nos anciens l'ont prétendu. Ils racontaient que, dans ce but, les Zorhs avaient apporté leur science et leur savoir. Mais, à cette époque, certains vassaux des provinces du Large Soleil ne virent pas cette intrusion d'un bon œil. Déjà en profond désaccord avec notre Sublime Roi Arbat, ils en profitèrent pour déclencher une terrible guerre, au cours de laquelle notre vieux monarque trouva la mort. Mais les princes vassaux nourrissaient en secret un espoir fou.

— Lequel ?

— Ils rêvaient de s'emparer de la Sublime Essence de Vie.

— Tu peux traduire ?

Maintenant, la nuit était complètement installée et on n'y voyait plus rien. Mais au son de sa voix, Blade comprit qu'Hélé tremblait de froid. Il arracha l'ample veste en cuir de l' « éborgné » encore KO et la posa sur les épaules nues de la jeune fille. Elle le remercia et, tandis qu'il enfilait lui-même l'espèce de canadienne en peau du deuxième agresseur, elle renseigna :

— Cette Sublime Essence de Vie était précisément le plus important des cadeaux scientifiques dont comptaient nous faire profiter les Zorhs. Une espèce de sérum de longue vie, si tu préfères.

— Je vois, maugréa Blade, réticent.

— Tu ne vois rien du tout, s'emporta Hélé. Avant l'arrivée des Zorhs, la vie moyenne d'un

Arbat était d'environ huit lustres seulement. Grâce à la Sublime Essence de Vie, on peut espérer vivre toujours.

— Comment ça, toujours ?

A cet instant, un grognement apprit à Blade que leur agresseur le plus proche était en train de refaire surface. Distinguant l'ombre qui commençait à bouger, il visa soigneusement, envoya un généreux second coup de pied au but. L'autre grogna, s'écroula, ne bougea plus.

— Comment ça, toujours ? répéta Blade.

— Toujours, cela veut dire toujours, non ?

Hélé semblait décidément avoir un caractère de chien. Toujours agressive. Il n'avait pas cherché à la violer, lui. Mais, compte tenu des circonstances, il fallait pardonner beaucoup. Blade insista :

— Tu veux dire que les Zorhs avaient apporté avec eux un sérum d'éternité et qu'ils étaient décidés de vous en faire profiter ?

— C'est ce que je veux dire.

— Et les princes vassaux ont fait capoter les généreux projets des Zorhs.

— C'est ça.

— Et depuis, insista Blade qui commençait à mieux comprendre, les Zorhs se vengent en vous réduisant à l'esclavage.

— Ce n'est pas si simple, corrigea Hélé. Dégoûtés par la sauvagerie de notre monde, les Zorhs sont repartis, ne laissant sur place qu'une petite communauté de colons destinée à tirer un maximum de notre travail. Ils sont dirigés par Ozorh, un patriarche inflexible et cruel, dont l'unique distraction est de soumettre nos plus belles vierges à son usage personnel.

— Pas si patriarche que ça, l'Ozorh en question, railla Blade.

— N'oublie pas que les Zorhs détiennent la Sublime Essence de Vie. Une Essence qui constitue d'ailleurs à elle seule tous les moyens de pression les plus efficaces.

Blade fronça les sourcils.

— Tu veux dire que ce... sérum doit être régulièrement renouvelé pour conserver son effet ?

— C'est ce que je veux dire.

Blade réfléchit. Dans le lointain, on entendait toujours de nombreuses plaintes et, rageurs, quelques cris rauques qui ressemblaient à des hurlements à la mort de chiens. Très loin, une dernière bande de ciel verdâtre subsistait à l'horizon, découpant les silhouettes de deux miradors. Blade comprenait de mieux en mieux. Il résuma :

— Et ces marais remplis de cadavres sont le dernier endroit où Ozorh fait déporter ceux qui refusent de se plier à sa loi. C'est ça ?

— Oui. Tu n'es pas si bête, Richard Blade.

— Ce qui veut dire que, privés de sérum... je veux dire, de Sublime Essence de Vie, toi et tes semblables, êtes condamnés à mourir ici.

— Oui. Mais comme pour beaucoup d'entre nous, le temps de vie normal est écoulé depuis longtemps, nous dépérissons, nous vieillissons et mourons en quelques astres seulement.

Inquiet, Blade attendait la suite. Hélé renseigna encore :

— A l'aube de ce matin, dit-elle dans un souffle, j'étais encore presque une enfant. C'est ainsi qu'Ozorh le Patriarche a voulu s'emparer de moi. Et comme je me suis refusée à lui, ce soir, tu vois, je suis déjà une femme.

Le plus étrange, pensait Blade en son for intérieur, c'est qu'elle en tire une certaine fierté. Une fierté empreinte de quelque chose qui ressemblait à de la sensualité. Eternelle, incorrigible femme ! Il esquissa un sourire vite éteint, réfléchit et finit par déclarer :

— Il serait peut-être temps de t'arrêter de vieillir, non ?

— Je comprends ce que tu veux dire, Richard Blade. Mais c'est impossible. Je te l'ai dit, personne ne s'est jamais évadé d'ici. Il y a des Korbats armés tout le long des grillages-tonnerre de ce camp et leurs thors aux crocs venimeux nous lacéreraient. La nuit dernière, aux limites des marais solides, un moribond a été mordu. Il a hurlé jusqu'à l'aube. Si fort que la boue en tremblait parfois.

Hélé exagérait peut-être un peu, mais il devait y avoir sûrement une part de vérité dans son récit. Les grillages-tonnerre pouvaient se traduire par barbelés électrifiés et par thors, il fallait peut-être entendre chiens. Il insista :

— Si ces quatre sauvages sont bien les Korbats que tu dis, ils doivent être armés.

— Ce sont bien des Korbats, siffla Hélé entre ses dents. Mais même si tu t'emparais de leurs armes, tu ne pourrais rien contre tous les autres et leurs thors. Nous mourrons de toute façon.

— Comment sont-ils venus jusqu'ici ? questionna encore Blade en suivant son idée.

— Ils font leurs rondes à bord d'embarcations spéciales. Elles ne font pas de bruit.

— On ne les a pas vus arriver. Pas la moindre lumière.

Hélé garda un instant le silence, avant de soupirer, apparemment soulagée.

— Cette fois, je te crois. Tu n'es pas d'ici.

— Heureux de l'apprendre, ironisa Blade. Qu'ai-je dit qui t'en persuade enfin ?

— Comme nous tous, les Korbats voient parfaitement dans la plus totale obscurité. Ils n'ont pas besoin de lumière.

Pris en flagrant délit, Blade sursauta et ôta précipitamment sa main : depuis un moment, répondant à un souci d'hygiène tout à fait légitime, il s'affairait méticuleusement à débarrasser son bas-ventre nu de la boue qui s'y était collée. Il demanda :

— Tu veux dire que, toi aussi, tu vois parfaitement la nuit ?

Pour la première fois, un léger petit rire clair lui répondit :

— Parfaitement, Richard Blade.

— Hum, grogna Blade. Eh bien, puisque tu vois si bien la nuit, ramasse donc les armes de ces salauds et dis-moi où se trouve leur fichue embarcation.

— Je la vois, fit Hélé. Mais il y a un ennui.

— Quel genre d'ennui ? questionna Blade, tendu.

— A bord, il y a deux thors. Deux thors, très bien dressés à tuer.

Blade soupira. Dans cette nuit opaque, il n'avait aucune chance de neutraliser les deux fauves. Hélé s'occupait de récupérer les armes des deux Korbats ; il lui demanda :

— Quel genre d'armes ont-ils ?

— Des... des espèces de poignards.

— C'est tout ?

— Oui, soupira Hélé. Les condamnés des marais ne sont pas suffisamment dangereux pour justifier autre chose. D'ailleurs, les Korbats d'ici n'ont même pas de couteaux-tonnerre.

Blade se dit qu'il aurait tout le temps de comprendre cette dernière énigme plus tard. Les urgences d'abord. Il questionna encore :

— Si on sort de là, tu sais où aller ?

— Oui.

Sans commentaire. Il n'insista pas. Son souci immédiat se résumait à un simple détail ; il lui fallait supprimer deux fauves enragés aux crocs venimeux, seulement armé de poignards et tout ça, dans le noir le plus complet ! Inquiet, il posa une autre question. Peut-être la plus importante :

— Ces thors aux crocs venimeux, ils voient aussi la nuit ?

La réponse fut immédiate :

— Bien sûr.

Blade laissa fuser un soupir à fendre unc âme en acier trempé. Pour lui, cette nuit, la nyctalopie était décidément un très, très sale défaut. Et le royaume d'Ozorh n'était précisément peuplé que de nyctalopes... y compris les chiens de garde ! Alors, ce soir, du fond de cette nouvelle dimension inconnue, Richard Blade estima très sincèrement que certains coups de pied aux fesses étaient en train de se perdre.

Il songeait notamment... à Lord Leighton.

CHAPITRE V

Blade constata avec amertume qu'il ne s'agissait effectivement que de simples poignards. Avec des manches en os et des lames en acier, une espèce d'acier aux reflets bleutés, apparemment très résistant. Tous ces détails lui furent révélés à la lueur incertaine d'une torche électrique trouvée sur un des Korbats. Cette torche elle-même présentait quelques caractéristiques particulières : l'ampoule notamment, simple arc électrique entre deux résistances, dispensait une maigre lumière, semblable à celle d'une lampe aux piles usées. Mais pour le moment, Blade avait d'autres soucis en tête ; il se préoccuperait plus tard d'explorer ce monde sinistre où il avait échoué. Ayant prestement enfilé le large pantalon de cuir d'un des Korbats et chaussé des bottes un peu trop grandes, il glissa deux poignards dans sa ceinture et conserva les deux autres en main. De son côté, lançant de fréquents regards inquiets en direction de la barque des Korbats, Hélé avait également revêtu une défroque en cuir. A l'occasion d'un bref éclair de lampe, et malgré la boue qui la maculait, Blade avait pu apercevoir son visage. Plutôt joli, apparemment, pour autant qu'il pût en juger.

— J'ai peur, souffla soudain la jeune fille.

Elle tremblait effectivement toujours et Blade dut la rudoyer pour la faire réagir. D'une voix ferme, il cingla :

— Il y a un instant, tu t'étais résignée à mourir et maintenant...

— Maintenant, le coupa-t-elle d'une voix aiguë, maintenant que je reprends espoir, j'ai peur d'échouer. J'ignore si on peut comprendre ça, chez les tiens.

Etonné par ce raisonnement et par ce brusque éclat de voix, Blade siffla entre ses dents, avant de laisser tomber :

— Dans un instant, c'est moi qui aurai peur. Mais de toi.

Les Zorhs devaient avoir le même type d'humour que les semblables de Blade. Après un court silence, elle laissa échapper un petit rire nerveux et répliqua moins sèchement :

— Si ton plan insensé réussit, Richard Blade, c'est que tu es homme à n'avoir peur de personne. En attendant, ajouta-t-elle plus bas, occupe-toi de ces affreux thors... et cesse de m'éblouir avec le rayon de cette lampe. N'oublie pas que j'y voie très bien la nuit.

Blade s'enquit :

— Pourquoi cette lampe, puisque les Korbats voient également la nuit ?

Irritée par tant d'ignorance, Hélé répondit néanmoins :

— La vue de nuit des Korbats est moins aiguisée que celle des Zorhs. Les détails leur échappent. Mais il leur suffit d'une faible lueur pour assurer une bonne surveillance. Maintenant, Richard Blade, est-ce que tu vas enfin régler leur compte à ces fichus thors ?

A présent, Hélé trépignait de rage contenue. Pas commode, la jeune Arbat ! Blade vérifia que les deux Korbats qu'il avait assommés ne s'éveilleraient pas de sitôt et, d'un signe, il invita Hélé à le suivre dans le bourbier. La jeune fille retint une grimace de dégoût.

— Non, dit-elle. Nos peaux ne résistent pas aux liquides. Je reste sur la berge. D'ici, j'attirerai l'attention des thors sur moi. Ainsi tu pourras t'approcher de la barque.

Blade sauta dans l'eau boueuse. Il comprendrait plus tard. Pour le moment il avait d'autres soucis. De jour, avec quatre poignards, c'eût été pour lui un jeu d'enfant. Deux lancers de couteau, deux cadavres de thors. Mais dans cette nuit opaque, pas question de jouer cette carte-là. Le combat rapproché s'imposait et, au sens propre, comme au figuré, Blade allait y risquer sa peau. Hélé lui avait parlé des thors comme de bêtes malfaisantes et assoiffées de sang.

— Pourquoi ne nous attaquent-ils pas ? demanda alors Blade.

— Parce que les Korbats n'ont pas eu le temps de leur en donner l'ordre.

La voix d'Hélé tremblait toujours, mais, cette fois, le froid devait y être pour quelque chose. Car, brusquement, la boue était devenue glacée.

Autour de Blade, des gémissements s'élevaient un peu partout. Certains très éloignés, d'autres, tout près. Un instant, il eut même l'impression de sentir quelque chose bouger contre sa cuisse. Il fit un écart et cela provoqua un remous sonore qui déchaîna soudain la rage des thors. Ils se mirent à pousser leurs hurlements lugubres et à bondir sur place, au risque de faire chavirer leur embarcation.

— *Shit!* grogna Blade.

Il se tourna vers Hélé et lui lança :

— Vas-y maintenant, provoque-les. Je fais le tour.

Sans attendre de réponse, voulant ignorer le contact hideux de cette boue chargée de mort qui glissait sur sa peau, tantôt marchant, tantôt nageant, il effectua un large détour, s'attendant à chaque instant à sentir les crocs venimeux s'enfoncer dans sa chair. Si Hélé ratait son coup, c'en serait fini de lui dans un instant.

Soudain, alors que s'étant suffisamment approché, il pouvait à présent mieux distinguer l'embarcation des Korbats et ses furieux occupants, des cris aigus éclatèrent de l'autre côté, accompagnés de claquements de mains. Hélé s'était enfin décidée à intervenir. Grondant de rage, les deux fauves firent volte-face et retournèrent toute leur agressivité vers cette nouvelle proie. Blade banda ses muscles, puis, d'une formidable détente, se porta en avant en poussant sur ses mains, en ramant dans le cloaque comme un forcené. Peu à peu, la distance diminuait. Il n'était plus qu'à cinq ou six mètres de son objectif, quand, soudain agrippé de toutes parts, il se sentit basculer en arrière. D'un coup, sa tête fut immergée et il avala une goulée boueuse à l'effroyable goût de pourriture. Déjà, des mains se refermaient sur sa gorge, lui écrasant larynx et pharynx d'une même pression. Il entendit même les menus craquements que cette strangulation provoquait dans sa chair.

Une strangulation mortelle.

Encore sous le coup de l'agression des Korbats, il faiblissait de nouveau et commençait à sentir le sang battre le tocsin à ses tempes. Des ongles labouraient sa peau, des coups violents lui meurtrissaient les reins, tandis que d'autres, plus vicieux, lui arrivaient au creux des genoux. Il comprit la manœuvre. Sans doute trop faibles eux-mêmes pour le tuer d'un coup, les « choses » cherchaient à lui faire plier les jambes. Pour le noyer. Alors, la rage saisit Blade. Il envoya un violent coup de pied au fond, se propulsa vers le haut, frappa une masse osseuse d'un terrible coup de genou et, dans un imparable moulinet de mort, il tournoya sur lui-même, cisaillant l'air de ses deux poignards. La première lame entailla un corps, ripa sur un os, avant de reprendre sa course meurtrière, tandis que l'autre étouffait un cri rauque en sectionnant un cou maigre et dur. Le cri se transforma en un râle écœurant et, l'une après l'autre, les mains qui s'accrochaient encore à Blade le lâchèrent enfin.

Mais il frappa encore. Enfonçant les lames dans les corps qui roulaient contre lui et qui s'enfonçaient lentement dans la vase. Il n'y voyait rien. Simplement, il savait que c'était « eux » ou lui.

Ce fut lui.

Quand le calme revint à la surface du cloaque, quand de nouveau, sous son crâne le grondement intense que le début de noyade avait fait naître disparut, les hurlements des thors le galvanisèrent.

Ils étaient tout près.

La bagarre avait dû le rapprocher de la barque. Il essuya ses yeux pleins de boue, vit les deux fauves qui, à trois mètres de lui, ne savaient plus où donner de la hargne. Affolés à la fois par les cris d'Hélé et par les bruits de sa bagarre contre les « choses » du marais, ils bondissaient de plus belle. Si Blade tardait trop, les thors allaient se jeter sur eux deux. Ils seraient alors perdus. Dès la première morsure, même s'ils parvenaient à s'échapper, ils mourraient dans d'atroces souffrances, dans l'exécrable promiscuité des cadavres et des moribonds. Comme ceux qui venaient d'attaquer Blade.

Maintenant, Hélé avait réussi à capter l'attention des deux thors. C'était le moment. Blade n'était plus qu'à deux mètres du plat-bord de la barque. Plié sur ses jambes, presque entièrement immergé, il avançait lentement, essayant de faire le moins de remous possible. Mais, au moment où il allait enfin atteindre l'embarcation pour arriver dans le dos des fauves, l'un d'eux se retourna brusquement. Malgré la nuit, Blade vit luire deux prunelles rousses et briller des crocs verdâtres.

Puis le thor plongea.

Si vite que Blade n'eut guère le temps d'esquiver l'attaque. Pieds enlisés, corps paralysé par la boue froide, il ne put qu'esquisser un bref mouvement de rotation du buste. Trop tard. Le fauve fondait sur lui. Alors, dans un réflexe venu du fond de son instinct de conservation, Blade lança son bras gauche en avant et vers le haut, fendant l'air froid de la lame dressée. Au-dessus de lui, il y eut un choc, aussitôt suivi d'un terrible hurlement. Un liquide chaud et visqueux coula sur la main, puis le bras de Blade. Du sang. Ou ce qui en tenait lieu chez ces êtres immondes. La bête eut un violent sursaut, quand Blade arracha la lame de ses entrailles et, hurlant toujours, elle tomba dans le cloaque, à quelques centimètres de lui. Folle de rage et de douleur, elle lança les crocs en avant, parvint à effleurer le bras armé qui l'avait frappée. Mais, plus rapide, Blade avait fait un écart. D'un geste incisif, il fit décrire un fulgurant arc de cercle au poignard qui, avec un petit bruit soyeux, sectionna la moitié du cou de l'animal. Un jet de liquide chaud le frappa au visage et il recula. Au même moment, attiré par le combat, l'autre fauve sautait à son tour.

Cette fois, Blade s'y attendait. Son deuxième poignard fouetta le vide en sifflant et s'enfonça dans le flanc poilu qui se tendait dans l'assaut. Le thor poussa le même hurlement que son prédécesseur. Mais, plus lourd, plus résistant aussi, il prit appui des quatre pattes sur le bras de Blade pour tenter de s'arracher à l'épieu d'acier. Blade sentit les griffes de l'animal lui lacérer la chair et, durant une parcelle de seconde, il espéra qu'elles ne distillaient pas le même venin que les crocs. De l'autre main, il frappa la bête au cou, lui sectionnant également les artères et la trachée.

— Richard Blade !

Il expédia le thor agonisant à plusieurs mètres et poussa la barque vers Hélé qui jeta :

— Vite ! Ils arrivent !

D'un élan de tout le corps, Blade parvint à s'arracher à la gangue de vase pour se jeter dans le bateau. Assise à l'arrière, Hélé actionnait frénétiquement une manivelle. Avec un écœurant bruit de succion, la barque s'arrachait à la vase pour glisser à sa surface. Dessous, il y avait un bruit, semblable à celui d'une aube. Mais Blade avait d'autres soucis. Loin devant, plusieurs lucioles jaunâtres balayaient les marais en tous sens. Blade avait compris.

— Les Korbats ! souffla Hélé.

Sa voix tremblait moins, mais la peur sourdait d'elle par tous les pores. Blade la repoussa pour prendre sa place à la manivelle. Hélé se redressa vivement pour porter ses mains en visière à ses yeux. Loin de céder à son angoisse, elle cherchait son chemin. Les Korbats étaient encore assez loin, et rien ne prouvait que l'alerte ait été donnée.

— Ce sont leurs thors, renseigna enfin la jeune fille. Ils ont senti la mort de ces deux-là. Ils ont alerté les Korbats.

— Nous leur échapperons, gronda Blade en moulinant de plus belle.

C'était un vœu pieux. Hélé grinça :

— Puisses-tu dire la vérité, Richard Blade. Car les Korbats ont pour fâcheuse habitude de dépecer vif tout fuyard et de l'enrouler dans les herbes de feu.

— Les herbes de feu ?

— Des plantes qui brûlent et rongent les chairs jusqu'à ce qu'il n'y ait plus rien sur les os. D'après certains bavardages de Korbats, c'est le supplice le plus terrible jamais inventé. Et le plus long. Car, bizarrement, ces plantes contiennent également une substance qui ralentit le processus d'asphyxie par brûlure cutanée. J'ignore comment, mais on dit que c'est vrai. On agonise pendant des lunes.

Blade grimaça dans l'ombre. Même sans herbes de feu, le dépeçage ne devait pas être une distraction de patronage. Obéissant aux gestes d'Hélé, il se laissait guider par elle, observant les lucioles qui tanguaient devant eux. Soudain, ils en aperçurent trois nouvelles à bâbord. Brusquement allumées en même temps, elles semblaient obéir à un ordre.

Et elles leur coupaient la retraite.

— Richard Blade ! lança la voix frémissante d'Hélé.

— J'ai vu, répliqua sobrement celui-ci.

Non seulement, il avait bien vu, mais, dans le même temps, il venait de comprendre que s'il ne trouvait pas très vite la solution, dépeçage et herbes de feu seraient leur triste lot dans la minute suivante.

— Rich...

— J'ai vu.

Des dizaines d'autres torches jaunâtres venaient de s'allumer en même temps. Tout autour d'eux, Blade lâcha un soupir las, cessa de mouliner pour saisir ses poignards. Il en donna deux à Hélé et déclara :

— Chez les miens, les braves disent que quand tout est fini, il faut vendre chèrement sa peau. J'ignore si tu peux comprendre ça, mais...

— Je comprends, Richard Blade.

Hélé avait pris les deux armes et, dressée dans la nuit emplie de lucioles menaçantes, alors que les râles d'agonie et les hurlements des thors roulaient sur les sinistres marais, elle dit encore :

— Dommage, Richard Blade. J'aurais bien voulu savoir d'où tu viens vraiment.

Blade esquissa un sourire fataliste, avant de répondre à son tour :

— Tu as raison, Hélé. C'est dommage. Mais tout ça serait bien trop long à expliquer maintenant.

Et sans doute trop difficile. A dire comme à comprendre. Car, en filigrane, chacun d'eux songeait déjà à sa propre mort.

CHAPITRE VI

— Hélé.

La jeune Arbat ne semblait pas entendre. Trop tendue dans l'attente du combat. Sur le fond de nuit éclairé par les dizaines de lampes-lucioles, sa silhouette longiligne se découpait parfaitement. Même pour « l'aveugle » qu'était Blade. Alors, pour les Korbats...

— Hélé ! Range ces poignards. Et allonge-toi dans le canot.

— Mais...

— Vite ! Fais ce que je te dis.

Blade venait d'avoir une idée. Sans doute la dernière s'il échouait. Mais, compte tenu de la situation désespérée, il ne risquait pas grand-chose à essayer. Déjà, il avait changé de cap. En s'installant au fond de l'embarcation, Hélé s'en aperçut.

— Tu es fou ! Nous retournons...

— Tais-toi. Nous retournons effectivement à notre point de départ.

— Pourquoi ?

La voix angoissée d'Hélé s'assourdissait graduellement. A cause de l'épais brouillard qui, peu à peu commençait à noyer le paysage. Une brume grise qui, elle aussi, charriait les remugles du charnier, mais qui, dans un instant, allait servir l'idée folle de Blade.

Ou la desservir.

Tout en moulinant et en surveillant les lumières qui s'approchaient, Blade exposa brièvement son plan. Hélé y réfléchit un court instant, avant de souffler :

— Avec ce brouillard, nos otages ne serviront à rien, puisque personne ne les verra.

— Mieux vaut tout prévoir. Même si nous n'avons qu'une chance sur des millions, il faut la tenter.

Encore une fois, Hélé demeura silencieuse. Quand elle reprit la parole, sa voix trahissait son découragement.

— Ces marais sont infinis. Dans cette brume, nous allons nous perdre.

— C'est plus que probable, répliqua Blade. Mais nous devons le faire.

Cette fois, la jeune Arbat ne répondit pas. Et Blade sut qu'au fond, elle était d'accord pour tenter l'impossible. Ne fût-ce que pour ne pas mourir sans lutter. En quelques moulinets puissants, il fit accoster la barque à la langue de terre qu'ils avaient quittée un instant plus tôt. Blade sauta au sol et se lança à la recherche des Korbats. Il fallait faire vite. Dans un instant, il n'y verrait plus à un mètre.

Ce fut précisément dans une épaisse nappe de brume qu'il trouva le Korbat éborgné. Ce dernier commençait à émerger du coma et gémissait d'une voix rauque. Son œil crevé devait être un supplice. Mais Blade n'avait guère envie de le plaindre. Il l'attrapa par la masse rêche de ses cheveux crépus, lui arrachant un grognement de douleur. Heureusement que la translation de Lord Leighton lui permettait de communiquer. Il lui remit son casque en cuir sur la tête et souffla, menaçant :

— Ecoute. Tu vas venir avec nous. Mais, un seul mot de travers et je te crève l'autre œil. Avant de te tuer, ajouta-t-il, perfide.

L'autre se contenta de grogner encore, tandis que Blade le poussait vers la barque. Hélé accueillit son violeur avec toute l'affection requise. Dans un feulement de rage, elle lui enfonça la pointe de son poignard dans la paupière intacte. Encore un millimètre et cet œil-là crevait aiussi.

— Pas bouger, espèce de thor! grinça-t-elle.

Elle bouillait visiblement d'envie d'appuyer sur sa lame. Le Korbat dut le sentir, car, tandis que Blade chargeait le « mordu » sur son épaule et le ramenait à son tour au canot, il n'eut même pas un frémissement.

— Partons, lança Blade en jetant le second Korbat au fond de l'embarcation.

Il reprit la manivelle et, comme un Korbat dans le cirage risquait de faire mauvais effet en cas de contrôle, il décocha un coup de pied dans les côtes du « mordu ». Ce dernier s'éveilla d'un seul coup, faillit s'étrangler de saisissement en voyant la deuxième lame d'Hélé fondre vers sa gorge. La jeune Arbat siffla entre ses dents :

— Redresse-toi, fange de thor.

Complètement dépassé, l'autre obéit. Une fois assis sur le plat-bord avant, Hélé lui enfonça la pointe du poignard dans les reins et, alors que les lampes des patrouilles se rapprochaient tout autour d'eux, elle grinça, répercutant les instructions de Blade :

— A chaque barque qui passe, tu demandes s'ils ont vu quelque chose. Au moindre mot de travers, tu es mort.

Comme elle avait toujours la pointe de l'autre lame piquée dans la paupière intacte de l'« éborgné », elle ajouta, mauvaise :

— Si tu m'énerves, ton copain devient aveugle. Vu ?

Vu ! Ce devait être de l'humour arbat. Le « mordu » n'eut pas l'air d'apprécier, il se contenta de hocher doucement sa grosse tête casquée et de coasser :

— Me... me tue pas, fille Arbat. Je ferai ce que...

— Silence ! lança sourdement Blade.

Ce qui était d'ailleurs une figure de style. Car, comme si l'irruption des nombreuses embarcations avait déclenché un signal, des voix agonisantes s'élevaient çà et là, dans un concert de lamentations ; une sorte de chœur lugubre et mortuaire qui flottait sur les marais, assourdi par la couche de plus en plus épaisse du brouillard. Dans le faible rayon d'une lampe soudain braquée vers eux, Blade entrevit des épaules décharnées, une tête sans cheveux et un bras qui, mollement, tentait de s'accrocher au plat-bord d'une barque. Il vit un Korbat lever son poignard et, alors qu'il croyait voir le mourant s'en tirer avec un coup de manche sur la main, il assista à la scène la plus abjecte jamais vue par lui. Le bras du Korbat décrivit un rapide arc de cercle, et la lame du poignard trancha net le poignet du moribond. Puis, tandis que le pauvre zombie ne pouvait que lancer une longue et faible plainte vers le ciel noir, le Korbat éclata d'un rire sonore qui dansa longtemps sur les foulards de brume.

Il riait encore, quand, tenant son bras mutilé de son autre main, le supplicié s'enfonça lentement dans la boue... pour ne plus réapparaître.

Près de Blade, Hélé laissa échapper un hurlement de bête sauvage. Heureusement, ses cris de rage furent absorbés par la toile de fond sonore des plaintes alentour. Dans l'ombre, Blade grimaça. Ces Korbats n'avaient décidément pas d'âme. Mais il devait parer au plus pressé. Il apostropha le « mordu » :

— Toi. Indique-moi le chemin de la sortie.

L'autre sursauta :

— Tu... tu veux dire que vous allez essayer de vous évader ?

— Contente-toi d'indiquer le chemin, gronda Blade.

— Tu... tu es fou, Arbat ! Personne n'a jamais pu sortir des Grands Marais de la Dernière Souffrance !

— Tais-toi, déjection de thor ! grinça Hélé en

lui enfonçant cruellement la pointe du poignard entre deux côtes. Obéis.

— Mais, plaida quand même le Korbat, c'est absolument impossible ! Ils vont tous nous massacrer ! Il y a une autre solution...

— Tais-toi !

Cette fois, la lame avait profondément entamé la chair musculeuse du Korbat. Celui-ci ouvrit la bouche pour crier, mais, sentant de nouveau la pression de l'arme entre ses côtes, il referma la bouche sur une sorte de soupir contenu. Tout en veillant à ne pas trop s'approcher des autres embarcations, Blade intervint :

— Laisse-le dire, Hélé.

Puis au Korbat :

— Tu parlais de solution. Laquelle ?

— Notre chef, lâcha précipitamment le « mordu ». Il...

— Eh, vous !

Dans la barque, ils furent trois à sursauter. Hélé, le « mordu » et Blade. L'autre Korbat souffrait trop de son œil crevé. Rien d'autre ne le concernait plus.

— Oui, vous ! lança de nouveau la voix grasse.

Celle du Korbat qui, un instant plus tôt avait tant ri en coupant la main de l'Arbat. Formidable de stature, pointant sa torche électrique dans leur direction, il faisait signe à son moulineur de changer de cap. Vers eux. Et ils avançaient vite. Sous le pied de Blade, l' « éborgné » geignait doucement. Mais pas encore assez fort pour être entendu des autres. Les gémissements des Arbats couvraient à présent tous les bruits. Blade profita d'un mouvement de la barque qui la fit un instant échapper au faisceau de la torche. D'un seul mouvement, il redressa l' « éborgné » par l'arrière du col.

— Si tu cries, souffla-t-il à son oreille, je te tue.

Bizarrement, l'autre n'eut aucune réaction. D'un coup, il pesait plus lourd contre Blade. Evanoui.

— Attendez un peu, vous autres ! cria encore le géant.

Déjà, l'autre barque était arrivée presque à leur hauteur. Couteau dans une main et lampe dans l'autre, Blade envoya le rayon jaunâtre dans les yeux du géant. Mieux valait que ce dernier soit un peu ébloui. Le temps d'un éclair, il put vérifier qu'il avait bien fait. Il avait pu entrapercevoir les faces des Korbats. Toutes velues, et fortement prognathes. Presque toutes identiques, elles ressemblaient à celles de l'homme de Neandertal, telles qu'on se les représente. Si les Korbats avaient pu voir le visage de Blade... De son côté, tournée de manière à ce qu'on ne puisse voir ses traits, Hélé avait de nouveau enfoncé le poignard entre les côtes de leur prisonnier.

— Où sont passés vos thors ?

Ils étaient tombés sur un chef !

Malgré la brume, la voix du grand Korbat résonnait fortement. Soudain, alors que Blade, visage toujours détourné, allait se décider à dire n'importe quoi en essayant d'imiter le timbre rauque des Korbats, une scène épouvantable se produisit. Brusquement, dans un jaillissement de boue qui les éclaboussa tous, une hideuse silhouette se dressa, émergeant de ces profondeurs abyssales insensées, lança les deux bras vers la barque des Korbats et, hurlant et crachant, tenta de la faire chavirer.

Manœuvre désespérée d'un fou en proie aux affres de l'agonie.

Le Korbat géant sembla un instant s'amuser de l'incident. Reprenant son équilibre, il éclata d'un rire gras. Puis, d'un terrible coup de botte, sans la moindre émotion, il fit éclater la pauvre tête enduite de boue. Il y eut une nouvelle gerbe fangeuse quand le corps bascula dans le marais, puis, inerte, le maigre cadavre s'en alla à la dérive. Aussitôt, le géant aboya :

— J'ai posé une question. Où sont passés vos thors ?

— On a été attaqués par ces maudits Arbats.

C'était le « mordu » ! Evidemment, utilisant les grands moyens, Hélé l'avait discrètement persuadé de répondre avec près d'un centimètre de lame d'acier dans la viande. Et, comme il fallait encourager les bonnes volontés, Blade, tout aussi discrètement venait de lui chatouiller l'autre flanc. Juste un peu plus fermement.

— Et alors ! rugit le géant. Moi aussi, je suis attaqué par ces déchets d'Arbats. Pourtant, j'ai toujours mes thors !

Il disait vrai. Dressés à ses pieds, les deux fauves lançaient autour d'eux des regards allumés de rage à peine contenue. Blade donna un « petit tour de vis » à son poignard. Le « mordu » eut l'air traversé par une décharge électrique. Quand il parla de nouveau, sa voix avait monté d'un ton :

— Ça va, Agothar ! On a dû tuer quelques Arbats rebelles du côté de la Petite Terre qui sent le feu de l'Intérieur. On a laissé nos thors finir leur festin. On les reprendra plus tard.

— Qu'est-ce qu'il a, celui-là ? rugit encore le géant en désignant l' « éborgné ».

Toujours évanoui, ce dernier ne risquait pas de répondre. La situation se compliquait. La main droite de Blade serrait son deuxième poignard à le broyer. Tout ça était trop bête ! Cette fois, Lord Leighton l'avait bel et bien envoyé en enfer. Un mot de travers de la part du « mordu » et il n'en reviendrait pas.

— Il a été blessé par une bande d'Arbats, reprit enfin le prisonnier. Regarde.

D'autorité, il avait saisi l'épaule de l'éborgné et lui tournait la face dans le faisceau de la torche.

— Tu vois, ajouta-t-il. Il faut le soigner.

Blade n'osait pas tourner la tête. Il devina l'hésitation du géant et perçut un grognement. Enfin, la voix du grand Korbat sonna de nouveau, rageuse :

— Va le faire soigner. Nous, on va aller massacrer quelques-uns de ces rebelles.

A peine avait-il achevé ces paroles, que son pilote actionna les manivelles. De son côté, Hélé menaçait de nouveau le « mordu ». Blade n'avait pas envie de traîner dans le coin. Si les Korbats découvraient les cadavres sur l'île, la chasse à mort serait immédiatement lancée. Il se remit à manœuvrer, changeant de nouveau de cap, tandis qu'au-dessus des marais s'élevait un nouveau concert de lamentations, il lança au Korbat :

— Tu viens de sauver ta vie. Provisoirement. Maintenant, indique-moi la bonne direction. Si nous sortons de ces marais, je te gracierai peut-être. Sinon, je te tuerai avant de mourir.

— Je te l'ai dit, Lucke. C'est impossible de franchir les limites des Terres de l'Agonie. Il faut vous rendre. C'est la seule solution.

Blade laissa fuser un petit rire grinçant.

— Attention, Korbat, prévint-il. Tu es en train de te condamner à mort.

— Je dis la vérité, protesta l'autre. Si je vous amène à Phanthor notre chef suprême, il gardera la fille dans son harem et toi tu seras enrôlé de force dans ses milices. Tu es fort et intelligent. Phanthor aime s'entourer d'hommes comme toi.

— Dans son harem, hein !

Au grognement que poussa le « mordu » en sursautant sous la brûlure de la lame du poignard, Blade comprit qu'Hélé n'était pas du tout d'accord. Elle reprit aussitôt, d'une voix vibrante :

— Si tu ne dis pas immédiatement par où nous pouvons quitter ces lieux, je te tue tout de suite.

Joignant le geste à la parole, elle appliqua la pointe de son deuxième poignard sur la gorge du Korbat. Juste sous l'oreille. Il suffisait d'une simple pression du poignet pour faire jaillir le sang... et ce serait la mort. Le « mordu » le savait bien. Tétanisé, lèvres serrées, il abdiqua :

— Je vais vous indiquer un chemin. Mais si vous vous faites prendre, ça ne sera pas...

— A toi de jouer, coupa Blade en lâchant les commandes. Installe-toi à ma place. A partir de maintenant, tu as quatre vies dans les mains. Y compris la tienne.

Après une hésitation, le Korbat se mit à mouliner avec force. Penché légèrement en avant, il scrutait les moindres accidents de terrain, veillant soigneusement à n'emprunter que les chenaux où la boue stagnait en nappes épaisses et putrides. Ils naviguèrent longtemps. Au point que, soudain terrassée par la fatigue et la tension nerveuse, Hélé s'endormit d'un coup, assise au fond de la barque, adossée au plat-bord, ses deux poignards encore dans les mains. Heureusement, Blade veillait. L' « éborgné » geignait toujours. Autour d'eux, les gémissements des agonisants s'étaient estompés depuis longtemps. Il semblait que cette région des marais fût beaucoup moins fréquentée. Sans doute par la force des choses, car, ici, il n'y avait plus de terres et la boue épaisse avait fait place à un élément plus liquide. Pas encore vraiment de l'eau, mais on aurait pu y nager.

A condition de pouvoir nager des heures.

Car ce lac, ou cette mer d'eau boueuse, semblait sans limites. La température y était nettement plus fraîche et, parfois, transparaissant dans une trouée de brume, un lambeau d'astre verdâtre et peu lumineux irisait l'immensité aquatique de perles diaphanes.

Un décor à la fois triste et angoissant.

Un décor qui disparut soudain, avalé par un épais mur de brouillard glacé. Aussitôt, ce fut l'obscurité. Complète et presque palpable. Sans doute réveillée par la tension qui venait de monter dans l'embarcation, Hélé questionna d'une voix tendue :

— Où sommes-nous ?

Un grincement râpeux lui répondit, étouffé par la brume. Au même instant, comme repoussé par une main géante, le petit bateau faillit chavirer en se cabrant violemment. Aussitôt, des voix venues de n'importe où s'élevèrent. Des voix rauques de Korbats.

Tout près !

Blade et Hélé brandirent leurs poignards dans un même mouvement précipité. Blade avait déjà le pouce sur le déclencheur de la torche, mais il se ravisa. Puis il y eut une brève trouée dans le brouillard et les épais grillages apparurent, verdâtres, luisants, menaçants. Blade pointait son poignard vers la gorge du « mordu », quand, violente et lourde, une main d'acier s'abattit sur son poignet.

CHAPITRE VII

— Ne me tue pas encore, Arbat. Sans moi, tu ne passerais pas.

Devant les yeux de Blade, le grillage disparut dans une nouvelle nappe de brume. Autour de son poignet, la pression des doigts d'acier ne se relâchait pas. Il aurait certes pu contrecarrer la prise du Korbat, mais le ton employé par ce dernier l'en dissuada. C'était un avertissement. Un vrai. Il signifiait simplement qu'en ce moment, c'était le Korbat qui tenait leurs vies. Il suffisait qu'il crie. Blade le tuerait, mais cela ne changerait rien. Ils seraient fichus. Car, dans la brève trouée, Blade avait vu le mirador. Planté derrière une bande liquide large d'une cinquantaine de mètres, elle-même enfermée entre deux très hauts grillages.

Un peu comme le Rideau de Fer soviétique, mais sur l'eau.

Un rideau de fer insolite qui semblait jailli des éléments liquides et qui donnait l'impression inquiétante de ne s'achever nulle part. Une angoisse irrépressible saisit Blade à la gorge ; ce mirador, ces voix, le Korbat l'avait possédé. Il l'avait guidé exactement à l'endroit le plus dangereux.

Pourtant, il ne criait pas. Au contraire, il murmura :

— Je te propose un marché, Lucke.

Blade tourna la tête. Sans le voir vraiment. Mais, comme le Korbat avait lâché sa main armée, sans tenter de s'emparer du poignard, il se détendit légèrement, souffla :

— Quel genre de marché ?

— Un arrangement honnête.

Blade en doutait un peu. Il encouragea néanmoins :

— Dis toujours.

Cette conversation à mezza voce avait quelque chose d'insolite. A dix mètres d'eux, l'ennemi guettait. Il suffisait d'un rien pour que tout bascule dans le drame. Près de Blade, tendue à craquer, Hélé serra à son tour le bras de Blade et, d'une voix à peine audible, mais pressante, questionna à son oreille :

— Que se passe-t-il ?

Blade la rassura d'une pression de main et insista auprès du Korbat :

— Parle.

— Si je crie ici, tu me tues et vous vous faites tuer tous les deux. D'accord ?

Agacé, Blade gronda :

— Quel arrangement proposes-tu ? Parle.

— Un arrangement équitable, assura le Korbat. Moi aussi, je veux quitter ce charnier. Pour d'autres raisons que toi, bien sûr. Je veux être riche et puissant.

Malgré la situation, Blade ne put s'empêcher de railler :

— Rien que ça !

— Ne te moque pas, Lucke ! grinça le Korbat. J'en ai les moyens. En partie.

Il semblait dire vrai. Cela intrigua Blade qui demanda :

— Par exemple ?

— Tout un stock de couteaux-tonnerre.

Ces fameux couteaux-tonnerre, auxquels Hélé avait déjà fait allusion. Mais cela n'éclairait pas la lanterne de Blade. Fouillant le brouillard opaque de fréquents regards circulaires, il insista :

— Qu'est-ce que c'est, un couteau-tonnerre ?

— Quoi ? Tu veux dire que tu ne sais...

— Ce sont des armes terrifiantes, intervint Hélé à voix basse. Des armes que seuls les Zorhs possèdent. Ce Korbat te ment.

— Non !

Le « mordu » avait presque crié. Si ces deux-là commençaient à se crêper le chignon... Blade décocha un coup de coude dans les côtes du Korbat. Calmé, ce dernier lâcha d'un ton âpre :

— J'ai réussi à détourner un lot important de couteaux-tonnerre destinés aux milices Korbat pour un éventuel soulèvement massif des Arbats. Je dis la vérité.

— Admettons, concéda Blade. Ça nous avance à quoi ?

— A rien, cingla Hélé, folle de rage. Il nous a envoyés dans un piège. Tue-le !

Ignorant la jeune Arbat, le Korbat poursuivit :

— Je donnerai les couteaux-tonnerre aux Arbats. Contre la promesse de leur Grand Prêtre Abékhar de...

— Mon père ne te promettra jamais rien, déjection de thor !

Si Hélé continuait à s'énerver ainsi, jamais ils ne parviendraient à s'entendre ni, à plus forte raison, à conclure le moindre marché. Mais Blade avait compris. Hélé était la fille d'un haut dignitaire. D'un dignitaire possédant un certain pouvoir. Il enregistra la révélation, attrapa la jeune Arbat par les cheveux et, sans prévenir, appliqua sa bouche sur la sienne. Ce fut un baiser bref qui eut pour effet de tétaniser la jeune fille. Lorsqu'il la lâcha, elle aspira une large goulée d'air froid et humide, avant de questionner, incrédule :

— Qu'est-ce que tu m'as fait, Richard Blade ?

Il fournit la première réponse qui lui vint à l'esprit :

— Je t'ai donné le souffle de la sagesse. Grâce à lui, tu vivras de longues heures de sérénité.

— Ah ?

Elle ne fit aucun commentaire. Blade en déduisit que les Arbats ne connaissaient pas les délices du baiser. Décidément, dans ce monde étrange et inquiétant où Lord Leighton l'avait envoyé, le travail n'allait pas manquer. En tout cas, apparemment convaincue, mais plus sûrement désarçonnée par cette étrange thérapeutique, Hélé lui laissa poursuivre son interrogatoire sans protester.

— Continue, ordonna-t-il au Korbat. Contre quelle promesse échangerais-tu ton stock de couteaux-tonnerre ?

— La promesse solennelle et sacrée de me donner l'exclusivité commerciale de la Sublime Essence de Vie.

— Quoi ?

La sérénité d'Hélé n'était pas vraiment à toute épreuve. Evidemment, les enjeux étaient de taille. Il s'agissait ni plus, ni moins, de confier à un Korbat le pouvoir de vie ou de mort sur tous les Arbats. Blade n'avait certes pas saisi toutes les subtilités politiques du royaume de Ozorh, mais il en savait assez pour comprendre qu'ainsi, les Arbats passeraient d'un esclavage à un autre.

— Sale thor ! gronda Hélé. Je vais te...

— Allons !

Si elle continuait sur ce ton, les « murmures » d'Hélé allaient finir par les faire massacrer. Blade saisit de nouveau ses cheveux poisseux, mais, cette fois, ce ne fut pas pour l'embrasser. Les lèvres tout près de son oreille, il lâcha d'une voix dure :

— Ou tu me laisses faire, ou nous sommes morts.

— Je m'en fiche !

Blade détestait cela, mais il dut tirer davantage sur les longs cheveux pour la faire taire. Il insista, confidentiel et pressant :

— Le Korbat mourra. A son heure.

Termes sibyllins qui ne signifiaient pas grand-chose, mais qui eurent pourtant le pouvoir de calmer Hélé. Blade s'intéressa de nouveau au Korbat :

— Comment comptes-tu nous faire passer de l'autre côté ?

Un petit silence, puis, moqueur, l'autre laissa tomber :

— Mais, par la sortie. Tout simplement.

En fait, il voulait dire par l'entrée. Car, jusqu'alors, aucun déporté n'était jamais ressorti des marais. Blade lâcha, menaçant :

— Si c'est un piège, tu mourras en même temps que nous.

— Je sais.

— Si tu mens à propos des couteaux-tonnerre, tu mourras aussi.

— Je sais.

Il y eut un autre silence, puis le Korbat fit remarquer :

— Avec le jour, il deviendra impossible de fuir.

Il avait raison, mais Blade avait encore un problème à régler. L' « éborgné ». Bien que blessé et diminué, il constituait un danger. Lui avait au moins deux raisons de crier ; pour donner l'alerte, et parce qu'il souffrait.

— Et lui ? demanda Blade.

— Je m'en charge.

Avant que Blade n'ait pu intervenir, le Korbat s'était penché sur son compagnon et, d'un mouvement rapide des deux bras, il s'était saisi de sa tête. Il y eut un bref craquement, suivi d'une sorte de hoquet sinistre.

Vertèbres brisées, l' « éborgné » ne poserait plus de problème. Définitivement.

Des envies de meurtre s'emparèrent de Blade. Ce Korbat-là était vraiment une déjection de thor. Le type même du traître.

— A propos, questionna doucement Blade. Quel est ton nom ?

— Gohr, répondit aussitôt l'autre.

Blade hocha la tête dans l'ombre. Un nom qu'il se promit de ne pas oublier de sitôt.

— Marché conclu, Gohr. Fais-nous sortir d'ici, je me charge du reste.

Compte tenu du caractère entier et passionné d'Hélé, c'était un vœu très pieux.

Mais Blade avait les pensées ailleurs. Gohr avait recommencé à mouliner et l'embarcation longeait à présent les épais grillages. Ils s'étaient éloignés du mirador et un silence angoissant s'installait peu à peu. Parfois, d'étranges éclairs verts jaillissaient des frises métalliques courant au faîte des grillages. Ce fut Gohr qui renseigna :

— Le feu-tonnerre des Zorhs est terrible. Si tu touches ses ondes lumineuses, il ne reste rien de toi.

Ça ressemblait furieusement à l'électricité, mais Blade n'avait aucune envie de s'en assurer. Déjà, un autre mirador se profilait entre deux nappes de brume. On n'en voyait que les structures basses et Blade se demanda à quoi pouvaient bien servir des postes de surveillance d'où l'on ne voyait rien. Encore une fois, d'une voix contenue, l'ignoble Gohr le renseigna :

— Ces tours de guet sont inutiles. Elle servent juste à impressionner ces imbéciles d'Arbats. De toute façon, personne ne pourrait franchir les barrières de feu-tonnerre.

— Et en passant sous l'eau ? questionna Blade.

De saisissement, le Korbat en oublia d'actionner sa manivelle. D'une voix hésitante, il lâcha :

— Tu as l'esprit dérangé, Lucke. Je comprends maintenant qu'on t'ait envoyé aux Marais de la Dernière Souffrance. Si tu n'as que des imbécillités à dire, tais-toi.

— Est-ce que ces grillages vont jusqu'au fond ? insista pourtant Blade.

— Pour une fois, cette déjection de thor a raison, intervint nerveusement Hélé. Tu ferais mieux de te taire. Ces grillages, comme tu dis, n'ont pas besoin d'aller jusqu'au fond. Il suffit qu'ils plongent sous la surface pour remonter de l'autre côté.

— Arrête de m'appeler déjection de thor ! gronda furieusement Gohr. Encore une fois, et je t'écrase la tête.

Il en était capable. Blade les fit taire tous les deux. Il réfléchissait. D'après ce qu'il venait d'entendre, d'étonnantes perspectives s'ouvraient devant lui. Pour les Arbats, comme probablement pour les Korbats, la nage, voire l'immersion complète semblaient impossibles. Cette question serait sûrement très intéressante à approfondir.

Si jamais ils sortaient vivants de cet enfer.

Ils naviguèrent encore un certain temps ; une demi-heure pensait Blade. Puis le Korbat avertit soudain :

— Tenez-vous prêts. Et ne dites rien. Toi, la fille, tâche de ne pas te faire remarquer.

Folle de haine, Hélé baissa la tête et se transforma en une silhouette anonyme. Mais, alors que Gorh allait remettre le canot en marche, Blade questionna :

— Que vas-tu faire ?

— Dire que les Arbats ont tué Buhor. On ne laisse jamais longtemps un Korbat mort à l'air libre. A cause des effets de la Sublime Essence de Vie, Arbats et Korbats pourrissent très vite, dans l'Infini Sommeil.

— Qu'en faites-vous, de ces Korbats morts ?

Encore une fois, Gorh parut interloqué par la question de Blade. De son côté, Hélé grondait d'impatience :

— Tes questions sont décidément stupides, Richard Blade. Elles ne servent qu'à gaspiller notre temps. Dis à ce... ce thor de faire vite.

Ignorant Hélé, Blade insista :

— Gorh, que faites-vous des Korbats morts ?

Incrédule, Gorh ne répondit d'abord qu'à moitié :

— Ben... on en fait la même chose que les Arbats... comme vous aussi, les Luckes...

— C'est-à-dire ?

— Ben... on les fait cuire... et on les mange...

— Avance, coupa brutalement Blade.

Maintenant, il savait que Lord Leighton l'avait envoyé dans l'univers le plus sinistre, le plus inhumain jamais visité. Ici, tout n'était qu'horreur, souffrance et mort.

CHAPITRE VIII

— Tu n'as pas faim, Lucke ?

Blade fit non de la tête. Un grand feu clair éclairait la scène révélant ainsi l'horreur de ce spectacle, dans toute sa dimension. Ils s'étaient installés au milieu d'une petite île composée de sable gris et de cailloux lisses et noirs qui ressemblaient à du charbon. Une effroyable odeur de chair brûlée flottait dans l'air et Blade n'en pouvait plus d'attendre.

Environ une heure plus tôt, c'est presque sans encombre qu'ils avaient franchi les deux grands panneaux du grillage constituant l'unique issue des Grands Marais. Les deux Korbats qui gardaient l'entrée connaissaient Gohr. Il leur avait donné sa version des faits, tandis que Blade et Hélé tâchaient de se dissimuler de leur mieux en détournant prudemment la tête. Loin d'imaginer l'impensable, les autres s'étaient contentés de déplorer la mort du nommé Buhor et de revendiquer leur part de chair fraîche.

Alors, Blade avait assisté à la plus épouvantable scène de sa longue vie d'errance dans l'univers interdimensionnel. Il avait vu la plus abominable des boucheries. Accédant à la requête des gardes, Gohr avait jeté le cadavre de Buhor sur le ponton en bois du poste, et, tranquillement, au poignard, évacuant viscères et sang dans les eaux noires, il avait minutieusement dépecé, puis débité le corps sanguinolent. Comme il l'aurait fait d'un vulgaire gibier. Ensuite, il y avait eu l'odieux partage, et enfin, tandis que Blade et Hélé faisaient mine de dormir au fond du canot, Gorh s'était remis aux commandes et ils étaient partis.

Jusqu'à cette île. Au milieu de cet océan d'eau saumâtre et chargée de boue grise. Et là, arguant que la route serait longue, Gohr se gavait de la chair à peine cuite de son ex-compagnon de patrouille. Restée dans le canot, Hélé s'était réellement endormie et, profitant de la lumière du feu, Blade observait le Korbat tout à loisir.

Hormis sa peau d'un gris qui ne devait rien à la boue, son faciès fortement prognathe et l'épaisse barbe aux gros poils crépus, le Korbat ressemblait à tous les mammifères du genre humain. Avec toutefois, quelques traits caractéristiques. Fortement charpenté, tout en muscles, il avait des membres un peu courts et grossiers, un nez à tendance négroïde, une bouche aux larges dents pointues et un peu trop jaunes et un regard étonnamment clair et aigu, sous des sourcils touffus et très bas. De toute cette silhouette farouche et bestiale émanait une forte impression de cruauté. Et en tout cela, Gohr ressemblait de très près aux autres Korbats entrevus plus tôt. Tous aussi rustres.

— Pourquoi tu ne manges pas, Lucke ? Tu n'es pas près de trouver de la chair de ta race.

Rappelé à la réalité, Blade secoua la tête, dégoûté.

— Je n'ai pas l'habitude de manger du Korbat.

Un rire gras lui répondit et, tandis qu'il fouillait dans les côtes sanguinolentes du cadavre pour y chercher un bon morceau, Gohr s'esclaffa :

— C'est vrai ! C'est toujours dans l'autre sens. D'habitude, ce sont les Korbats qui se nourrissent de Luckes.

Si Blade n'avait pas eu besoin de Gohr pour s'orienter, il l'aurait sans doute tué sur-le-champ. Mais, comme brusquement consciente de la soudaine tension, Hélé s'éveilla en sursaut et se dressa dans la barque :

— Tu n'as pas fini de t'empiffrer, imbécile de Korbat ?

Charmante nature féminine ! Blade sentit Gohr sur le point de plonger sur elle pour la réduire en charpie.

— Ça suffit, gronda-t-il en s'adressant à tous les deux. J'aimerais bien regagner la terre ferme, moi.

Puis, interpellant Gohr, il cingla :

— Tu as assez mangé. En route.

Le Korbat et lui se défièrent un instant des yeux, mais Gohr finit par céder. Par son regard, sa stature athlétique et sa détermination, Blade l'impressionnait. Et puis il y avait ces détails troublants. Toutes ces choses étranges autour de sa personne qui semblait venir d'ailleurs, d'un autre monde. Il avait notamment une texture de peau, à la fois lisse comme les Luckes, mais apparemment beaucoup plus résistante. Plus cuivrée aussi que celle des Arbats, si laiteuse et si fragile. Finalement dompté, Gohr consentit à plier bagages. Il enveloppa les restes du cadavre dans un sac en cuir qu'il jeta au fond de l'embarcation et s'installa, non plus à la manivelle, mais derrière une sorte de tableau de bord ne comportant qu'un curseur et une manette. Il enfonça le curseur et un léger son de soufflerie se fit entendre. Autour du canot, le clapotis devint étale et ils commencèrent à avancer. Beaucoup plus vite qu'avec la manivelle.

Laissant alors peser sur Blade un regard chargé de soupçons, le Korbat laissa tomber :

— C'est bizarre.

— Qu'est-ce qui est bizarre ? grogna Blade.

— Tu ne peux être qu'un thor de Lucke, fit songeusement Gohr. Pourtant, tu ne leur ressembles pas.

Blade éluda la question d'un coup de menton vers le large. A l'horizon, une ligne légèrement plus claire commençait à se dessiner.

— Avance ! lâcha-t-il.

De mauvaise grâce, le Korbat détourna son regard et obéit. Mais Blade avait lu dans son expression vicieuse qu'il ne devrait jamais lui tourner le dos. Gohr était de la pire race qui soit ; celle des traîtres. Heureusement, il était aussi vénal. Et en cela, Blade disposait d'une marge de sécurité. Tant que Gohr n'aurait pas obtenu gain de cause auprès du père d'Hélé à propos de son odieux monopole, il considérerait Blade comme un allié potentiel. Il hésiterait donc à le supprimer.

C'était déjà ça.

— C'est vrai. Tu ne ressembles pas vraiment à un Lucke, Richard Blade, souffla Hélé, près de lui.

Un peu plus tôt, à la lumière du feu, il avait pu mieux la détailler aussi. Lavée de la boue qui la recouvrait, la jeune Arbat lui était apparue telle qu'elle était vraiment. Longue, gracile, ses formes féminines révélaient une fine carnation laiteuse qui semblait extrêmement fragile ; vus de près, ses longs cheveux translucides avaient l'aspect de très fins fils de soie. Toute sa silhouette offrait l'aspect délicat d'une poupée de prix, mais il ne fallait visiblement pas s'y tromper. Dans les yeux mauves très étirés, des lueurs farouches fulguraient parfois, presque cruelles.

— Tu ne ressembles guère non plus aux filles de ma race, répondit Blade, sur le même ton confidentiel.

Assise contre lui pour résister aux mouvements de la course, Hélé eut alors la seule réaction qu'une femme normale puisse avoir en de telles circonstances. Très innocemment, elle demanda :

— Celles de ta race sont-elles plus jolies, Richard Blade ?

Il lui lança un regard aigu, sourit et avoua :

— Différentes, mais pas plus jolies.

Elle hésita, choisit de le croire et le remercia finalement d'un sourire. A la lueur de l'aube naissante, il vit luire sa dentition perlée, puis elle détourna la tête, gardant le silence un long moment. Ses longs cheveux flottaient au vent froid de la course, mais elle ne semblait guère se soucier de la température. En revanche, Blade aurait volontiers échangé cette immensité glacée et tous ces embruns saumâtres contre un bon Hennessy on the rock's. Mais sa civilisation, Lord Leighton et le cognac étaient désormais inaccessibles.

Peut-être à tout jamais.

— Richard Blade.

Tournée vers lui, Hélé scrutait son visage avec attention. Ses prunelles mauves, très étirées, avaient pris maintenant des reflets plus gris. Et l'expression qui y flottait était nouvelle. Vaguement trouble. Sous les longs cils mauves recourbés, des lueurs dansaient.

— Richard Blade, reprit-elle plus bas. Je suis trop irritée par toute cette histoire. J'ai besoin d'une nouvelle sérénité.

Elle avait déjà approché son visage et Blade comprit instantanément. Il faillit éclater de rire, puis eut honte de lui-même.

— Ecoute, dit-il. Tout à l'heure, je t'ai dit n'importe quoi pour te faire tenir tranquille.

Elle cilla, marqua un léger recul et, le regard soupçonneux, elle questionna :

— Que veux-tu dire, Richard Blade ?

Gêné, Blade avoua :

— Chez nous... comment dire... un homme et une femme attirés l'un par l'autre éprouvent du plaisir à... à mêler leurs bouches. Je pense que tu comprends ce que...

— Je comprends que tu te moques de moi, Richard Blade. Jc ne crois rien de ton histoire. Donne-moi de la sérénité. Vite !

C'était plus un ordre qu'une requête. En d'autres circonstances, Blade aurait refusé d'obéir à une telle sommation. Mais la bouche d'Hélé était douce et sucrée.

Cette fois, ce fut un vrai baiser. Long, appliqué, presque sauvage. Hélé était une très bonne élève. Quand ils se séparèrent, ses yeux brillaient davantage et son souffle un peu court soulevait la veste de cuir du Korbat. Elle haleta :

— Je... ça ne suffit pas, Richard Blade. La sérénité totale ne m'a pas encore investie.

Blade comprenait ça. En principe, ce genre d'exercice engendrait plus souvent l'excitation que d'apaisement. Mais comment lui faire comprendre, en une seule leçon, et à deux mètres d'un Korbat sanguinaire et vénal !

— On arrive !

C'était justement la voix de Gohr. Tendu en avant, il n'avait rien vu de la scène qui s'était déroulée derrière lui. Blade leva les yeux pour apercevoir effectivement à l'horizon une bande plus sombre et aux reliefs tourmentés.

— Ce sont les Chaudes Terres de la Joie, renseigna Hélé en renonçant momentanément à ses espoirs de sérénité. Celles des Arbats. Notre peuple.

Elle avait dit cela avec fierté, reconnaissant implicitement Blade comme étranger aux races Arbat et Korbat.

— Des terres très convoitées, poursuivit-elle

gravement. Les Zorhs nous y exploitent, les Korbats y font régner la terreur et, pour avoir la paix et manger à leur faim, ceux du Cercle du Milieu ne bougeront plus jamais.

— Qui sont ceux du Cercle du Milieu ?

— Les Luckes. D'autres esclaves, grinça Hélé, mauvaise. Contrairement à nous, les Arbats, ceux du Cercle le resteront toujours. Leur chef, Capia, est un lâche. Comme tous ceux de sa race.

Elle le toisa de nouveau, eut un étrange sourire pour préciser :

— C'est pourquoi, bien que tu aies plutôt l'aspect physique d'un Lucke, je crois que tu n'en es pas un. Car tu sembles aussi brave qu'un Arbat Originel.

— Un Arbat Originel ?

Hélé eut un petit geste agacé.

— Un de ceux de la caste noble des Arbats. Ceux qui résistent encore aux Zorhs et aux Korbats.

Blade hocha la tête. Il commençait à se faire une idée plus précise sur le monde dans lequel il avait échoué. Le moins que l'on puisse en dire est que ce monde-là n'était pas empreint de sérénité précisément ! Dans l'aube naissante, Blade eut un rictus amer. Il connaissait un autre monde où tout n'était pas qu'ordre et beauté. Mais ceci était une autre histoire.

— Richard Blade ?

Il plongea dans l'eau claire des yeux d'Hélé. Celle-ci semblait voir jusqu'au fond de son âme. Gravement, à voix très basse, elle demanda :

— Veux-tu m'aider, Richard Blade ?

— A quoi ?

— A faire en sorte que les miens et tous les opprimés d'Ozorh retrouvent un jour leur dignité.

— Si j'ai bien compris, tu es la fille du Grand Prêtre des Arbats.

— Et moi-même Grande Prêtresse en titre quand mon père ne sera plus. Car je suis sa fille aînée. Mes quatre sœurs cadettes voulaient que mon père abdique. Elles le trouvaient trop mou. Trop faible devant l'ennemi. C'est pourquoi le Patriarche Ozorh lui a fait cette proposition d'alliance par union de chair avec moi. Il savait que je refuserais et qu'il aurait alors une raison pour me priver de la Sublime Essence de Vie et pour me faire déporter aux Marais de la Dernière Souffrance.

Hélé marqua un silence et, tandis que le canot approchait de la côte, elle précisa sombrement :

— J'ai préféré entrer en Infini Sommeil plutôt que de trahir les miens.

— Tu as bien fait, Hélé.

Blade était sincère. Lui-même avait toujours préféré l'idée de la mort à celle de l'esclavage. Une nouvelle fois, la jeune Arbat leva ses yeux limpides vers lui et, dans un souffle, elle dit encore :

— Tu n'as pas répondu à ma question, Richard Blade.

Blade lui sourit, hocha la tête et posa doucement ses lèvres sur les siennes, avant de murmurer :

— D'accord, Hélé. Je vais essayer de t'aider.

Seul détail, mais d'importance, il ne savait pas encore très bien comment. Mais, contre lui, la jeune Arbat eut un frémissement de tout le corps et serra ses mains à les briser.

On n'avait pas le droit de tuer l'espoir.

CHAPITRE IX

— Ne faites pas de bruit.

L'avertissement chuchoté d'Hélé surprit Blade. Sautant du canot sur le sable mouillé, il interrogea :

— N'as-tu pas dit que nous étions chez les tiens ?

Un peu avant, elle lui avait expliqué qu'ils allaient aborder dans une contrée des Chaudes Terres de la Joie, actuellement occupée par les Arbats Originels.

— Bien sûr, fit-elle valoir. Mais cela n'empêche pas les Korbats d'y patrouiller de temps à autre, ou d'y envoyer des commandos. Chaque Korbat qui tue un Arbat Originel est envoyé à Ozorh, la capitale. C'est la suprême récompense. Pour tous. Y compris pour les Luckes du Cercle du Milieu qui ont été particulièrement méritants. Là-bas, les plaisirs sont nombreux et bien oganisés.

— J'ai compris, coupa Blade, tandis que Gohr dissimulait le canot dans une anfractuosité rocheuse. Conduis-nous.

Blade fit passer Gohr devant lui et Hélé voulut leur faire traverser, sur le sable, l'interminable plage blanche. Blade la retint en désignant l'arête rocheuse qui coupait la grève de haut en bas et remontait jusqu'à la ligne des arbres.

— Par là, dit-il seulement.

Il n'avait pas envie que les Korbats apprennent trop vite l'arrivée de trois inconnus sur ce territoire. Hélé le comprit, l'approuva d'un sourire et ils se mirent à sauter d'un rocher à l'autre. Dans cette aube verdâtre, les choses prenaient des aspects fantomatiques étranges. Et Blade se demanda si, quelque part dans ce monde, il y avait un endroit où la vie pouvait être agréable. Selon ses propres critères.

— Attention, souffla Hélé. A partir de maintenant, tout peut cacher un piège.

Ils venaient de pénétrer sous le couvert d'une forêt d'arbres si hauts, que la voûte de leurs premières branches ressemblait à la nef d'une cathédrale démesurée. Jusqu'à une trentaine de mètres, les troncs lisses et droits n'offraient aucune prise et, aussi loin que portait le regard en avant, rien ne laissait espérer les limites du bois. Au sol, une mousse épaisse et spongieuse étouffait le bruit des pas et de très hautes plantes ressemblant à des fougères montaient jusqu'aux épaules. Pour avancer, il fallait les écarter et leurs tiges urticantes brûlaient la peau. En quelques minutes, Blade eut les mains en feu. Devant lui, Hélé comme le Korbat ne semblaient pas incommodés. D'ailleurs, pressant le pas, Gohr marchait maintenant sur les traces de la jeune Arbat et la suivait de près.

De bien trop près.

Malgré ses intentions de négocier avec le père d'Hélé, Blade se méfiait de lui. En quelques bonds, il fut à la hauteur de Gohr.

— Ralentis, ordonna-t-il. Je ne veux pas te voir marcher si près d'Hélé.

Dans le demi-jour glauque d'aquarium du sous-bois, il vit le Korbat esquisser un rictus sinistre.

— N'aie aucune inquiétude, Lucke. Cette Arbat, j'y tiens comme à mes propres yeux.

Le Korbat continuait à prendre Blade pour un Lucke du Cerle du Milieu. A quoi bon insister ?

Pendant ce temps, Hélé avait hâté le pas. Dans cette forêt encore sombre et sans repères, elle semblait parfaitement savoir où elle allait. Mais ils durent marcher ainsi un temps qui sembla une éternité à Blade, avant qu'enfin, jaillissant d'un coup du sous-bois, ils fussent projetés en pleine lumière. Une lumière toujours un peu verdâtre, mais tirant davantage sur le doré. Dans le ciel presque blanc, les rayons incandescents d'un astre démesuré semblaient tout brûler autour d'eux. Il faisait d'ailleurs une chaleur infernale. Malgré cela, entre les pierres qui remplaçaient la mousse au sol, de minuscules tapis de fleurs s'étalaient çà et là.

— Nous ne sommes plus très loin, annonça tranquillement Hélé.

Contrairement aux deux hommes, nulle trace

de fatigue ou de transpiration n'entachait son beau visage. De son côté, Blade était en nage. Quant à Korbat, bien qu'il donnât le change, on devinait sa lassitude à ses traits creusés. Blade railla :

— Le climat des marais semble mieux te convenir, Korbat.

L'intéressé lui lança un regard haineux.

— J'ai seulement soif.

— Nous trouverons bientôt de l'eau, promit Hélé en reprenant sa marche. Ainsi que de la nourriture et d'autres vêtements.

Ils gravirent bientôt une colline escarpée plantée d'arbustes arides, faisant rouler les pierres sous leurs pieds. Dans les bottes bien trop grandes pour elle, la jeune Arbat marchait à présent difficilement. Mais pas une fois, durant la pénible ascension, elle ne s'en plaignit. Soudain, alors que Blade se demandait si elle n'était finalement pas en train de s'égarer, il la vit s'arrêter devant une paroi plus abrupte, au pied de laquelle de grosses pierres détachées avaient roulé.

— C'est ici, dit-elle.

Blade la regarda, incrédule. Devant son air, elle esquissa un léger sourire, puis, s'adressant au Korbat avec mépris, elle ordonna :

— Si tu veux boire, débarrasse ce tas de cailloux.

Gohr faillit s'étrangler de fureur. Mais, devant l'air décidé de l'Arbat, ses poignards et ceux de Blade, il finit par obéir. A Blade qui s'apprêtait à l'aider, elle intima sèchement :

— Non. Sur ces terres, Richard Blade, c'est moi qui décide. Cette cache appartient à la Résistance Originelle. J'y trouverai ce dont nous avons besoin.

Il se souvint qu'elle était virtuellement la Grande Prêtresse du peuple Arbat et se redressa sans mot dire. Bientôt, sous les efforts du grand Korbat, un orifice de forme inégale se dessina dans la muraille.

— Ça suffit, lança Hélé en repoussant Gohr. Laisse-moi passer.

En se courbant, elle se glissa dans l'ouverture et disparut un assez long moment. Quand elle revint, Blade en fut ébloui. Elle avait troqué sa défroque de cuir contre une longue robe de toile couleur sable et serrée à la taille par une ceinture de fibres végétales tressées. Aux pieds, elle portait de simples sandales à lanières et à semelle épaisses. Ainsi vêtue, la jeune Arbat paraissait encore plus fragile. Plus belle aussi. Déjà, Gohr lui jetait des regards sournois et allumés de désir malsain. Accrochée à son poignet, pendait une outre en cuir. Elle la tendit à Blade.

— Bois. C'est de l'eau.

Quelque peu étonné, il se désaltéra d'une eau parfaitement fraîche, au goût légèrement sulfureux. De l'eau de source. Sans doute l'une d'elles coulait-elle dans cette cache de la Résistance. Il préféra ne pas poser de question, le Korbat n'ayant pas à connaître ce type de secret. Elle tendit ensuite l'outre à Gohr qui détourna enfin son regard de la frêle silhouette qu'elle offrait sous sa robe. Il but à son tour, rota bruyamment, avant d'éclater d'un petit rire grinçant.

— Merci, Princesse, c'était bien bon.

Sans s'occuper de lui, Hélé s'adressait déjà à Blade :

— Désires-tu changer de vêtements aussi, Richard Blade ? Ce cuir sent si mauvais !

Elle avait raison. Ce cuir grossier imprégné de boue et de sueur sentait la mort. De nouveau, le Korbat éclata de son rire vicieux.

— Personne ne t'obligeait à le porter, grinça-t-il, graveleux. D'ailleurs, moi, je te préfère sans rien.

Il se rendit compte tout de suite qu'il aurait mieux fait de se taire. Hélé n'avait pas oublié la tentative de viol dans les marais. Faisant soudain volte-face, elle sauta littéralement à la gorge du Korbat. Dans sa main, la lame d'un des poignards accrocha la violente lumière et, dans la seconde suivante, avant que Gohr ne puisse seulement esquisser un geste, l'acier tranchant lui labourait le visage.

Du front au menton.

Une profonde estafilade qui, instantanément, libéra un petit flot de sang. Un sang noir, épais, d'apparence malsaine. Le Korbat poussa un hurlement, envoya ses deux mains en avant dans un mouvement violent. Avant que Blade n'ait pu intervenir, ses deux poings avaient frappé Hélé en pleine poitrine. La jeune Arbat fut projetée en arrière, dévoilant ses cuisses nues dans une pirouette involontaire. Lorsqu'elle s'écroula au sol, son crâne heurta une grosse pierre avec un désagréable bruit mat.

— Salaud !

Blade poussa un cri en se jetant en avant, couteau levé. Mais, à cet instant, toutes les pierres de la Création tombèrent en avalanche sur lui et il fut entraîné dans une chute vertigineuse. Avant de tomber, il eut le temps de voir un peu de sang couler derrière la tête d'Hélé et de noter ses paupières closes et ses narines pincées. Puis, d'un coup, un formidable gouffre noir... très noir l'avala.

La mort était vraiment noire.

***

— Tu as tué une Arbat. Tu vas mourir.

Blade avait envie de hurler. De rage et de douleur. Mais il ne le pouvait pas. Une douleur si forte qu'il ne pouvait même pas bouger. Paralysé, il se sentait chalouper dans le vide et les images qu'il parvenait à capter parfois entre ses paupières douloureuses étaient floues et mouvantes. Il en avait la nausée. Et puis ces voix qui hurlaient autour de lui !

— Hofar va vous arracher les yeux et toute la peau. A tous les deux, jeta haineusement une autre voix, tout près de lui. Et moi, moi, pour ce que vous avez fait à notre sœur, je t'ouvrirai le ventre et te ferai manger tes entrailles de thor.

Programme réjouissant.

Blade essaya de parler. Mais aucun son ne sortit de sa bouche. Il comprit alors confusément qu'on l'avait bâillonné et se demanda pourquoi. Mais, comme le flou revenait noyer son esprit, il sombra de nouveau dans l'inconscience. Quand il revint à lui, une écœurante odeur de chair brûlée lui emplit les narines. Ou, plutôt, ce fut cette odeur qui l'éveilla.

A moins que ce ne fût la douleur.

Cette fois, il s'entendit crier. Un cri assourdi, que ses lèvres paralysées avaient quand même laissé sortir. Puis il y eut une autre douleur, terrible, au niveau du dos. L'odeur de chairs grillées se fit soudain plus vive et, dans l'horreur totale, il comprit que c'était lui qui brûlait ! Il cria encore, mais il était toujours bâillonné et son corps nu tournait autour d'un axe. Alors, l'horreur fut absolue.

On était en train de le faire cuire.

CHAPITRE X

Blade était en train de rôtir comme un vulgaire cochon de lait !

D'abord, il crut être le jouet d'un délire. Ce n'était pas possible. Il devait toujours se trouver dans le coma et quand il s'éveillerait vraiment, Hélé serait près de lui... ou ce serait tout simplement Lord Leighton. C'était sûrement ça. Il était en translation de « retour ». Une opération quelque peu prématurée, puisque, pour la première fois, il n'avait pas eu le temps d'accomplir sa mission. Il avait laissé Hélé au moment critique. Seule avec Gohr. Elle était donc fichue.

— Tu n'aurais jamais dû venir, sale Lucke.

Blade rouvrit les yeux. Cette voix était désagréable. Presque autant que celle de Lord Leighton. Mais ce n'était pas celle du vieux savant. Et puis, il y avait toujours cette terrible odeur de chair grillée et cette souffrance d'enfer qui le mordait partout.

— Tu n'aurais jamais dû suivre cet espion Korbat sur nos terres, Lucke. Maintenant, tu es pris. Et tu vas être mangé.

Un ricanement aigu suivit cette tirade et Blade se mit à ruer dans ses liens. Maintenant, il voyait. Il était bel et bien suspendu au-dessus d'un feu, mais, heureusement, encore trop haut pour que les flammes ne l'atteignent vraiment. Attaché aux chevilles et aux poignets, étiré à l'horizontale entre deux énormes croix de bois fichées en terre, on le faisait tourner à l'aide d'un gros bâton. Un bâton tenu par un homme aux longs cheveux soyeux et au teint laiteux. Un homme de la race d'Hélé. Un Arbat. Autour de lui, une dizaine d'autres individus semblables se pressaient, ricanant, frappant Blade à l'aide d'espèces de balais à la paille enduite d'un liquide pâteux. Blade comprit alors que, plus que le feu, c'était ce liquide qui lui brûlait le corps.

Comme de l'acide.

Il songea à ce que lui avait dit Hélé au sujet des herbes de feu. Ce monde devait en être couvert. Déjà, dans les marais, puis un peu plus tôt, dans la forêt, il s'était brûlé les mains à leur contact.

— Je vois que tu es réveillé, thor de Lucke !

Cette fois, la voix était plus rude. Plus grave aussi. Elle émanait d'un géant à la peau un peu moins laiteuse, et qui venait d'entrer dans son champ de vision. Contrairement à ses compagnons habillés de loques et armés de grands arcs, il portait une longue tunique brune, un pantalon bouffant et de hautes bottes en cuir noir. Apparemment plus vieux que les autres, il avait une large face hirsute, couturée de profondes cicatrices. A cet instant, Blade le vit ouvrir une bouche aux dents pointues et jaunes, dans un rictus dément.

— Tu n'aurais pas dû te réveiller, sale Lucke. Regarde ce que mes hommes préparent pour ceux qui ont tué notre sœur.

Blade grogna de douleur sous la morsure d'une nouvelle onction de « sauce » et rua de nouveau. Sans succès. Ses liens tenaient bien, et le bâillon ne bougeait pas. Il glissa un regard dans la direction indiquée et ce fut comme un énorme coup à l'estomac.

Une broche !

Ces sauvages étaient en train de préparer une broche. En acier, noire, épaisse et longue, terminée par une manivelle. Pour la faire tourner. Blade hurla sous son bâillon. Sans grand effet. Il était tombé chez des fous. Il y avait des malades mentaux partout dans l'univers. Dans n'importe quelle dimension. Et il allait devenir fou lui-même.

— Je vois que tu apprécies notre matériel, reprit le grand Arbat hirsute. Tant mieux. Maintenant, avant que l'on ne t'ouvre le ventre pour t'éviscérer... car on ne va quand même pas manger tes boyaux, hein ? s'esclaffa le vieux, aussitôt imité par les autres. Je disais qu'avant d'ouvrir ton ventre pourri de Lucke, il faut t'attendrir un peu.

Blade cria encore, mais ne réussit à sortir qu'un vague borborygme sourd. Autour de lui, les autres riaient. Le vieil Arbat envoya quelques gnons autour de lui et le silence revint. Il poursuivit aussitôt :

— Avec ce jus aux herbes de feu, tu seras bien plus tendre. Ensuite seulement, quand ta viande de Lucke sera devenue douce comme celle d'une jeune femelle Arbat, on te videra et on te fera cuire. Tout doucement. En continuant à t'arroser de jus aux herbes de feu.

Blade sentit une nausée monter en lui. Depuis que ses aventures le transportaient au gré des translations de Lord Leighton, il avait mille fois failli mourir. Et il avait souvent imaginé encore des centaines d'autres façons de périr. Mais, jamais, il n'aurait pu se croire un jour transformé en méchoui.

C'était réellement la mort la plus horrible.

Parce que la moins humaine. Et c'était précisément celle que ces imbéciles lui réservaient. Ils le croyaient responsable de...

— NONNN !

Malgré son bâillon, il avait réussi à crier. Il se demanda s'ils avaient compris. Il venait seulement de réaliser, à retardement à cause de son évanouissement, qu'Hélé était morte ! Ce primate de Gohr avait fait ça ! Blade se tordit dans ses liens, finit par apercevoir sur sa gauche un appareil identique, auquel le Korbat était également suspendu. Sous lui comme sous Blade, un large lit de braises avait été disposé et, assise en tailleur, une vieille femme en haillons et aux longs cheveux filasse veillait à l'attiser. Mais, curieusement, elle ne quittait pas Blade de son regard de lapine malade. Comme Blade, Gohr était nu et se débattait dans ses entraves. A son imposante musculature, on devinait les efforts démesurés qu'il faisait pour tenter de se libérer. Mais, pas plus que Blade, il n'y parviendrait. A cet instant, leurs regards se croisèrent et le Britannique put voir les éclairs fous de panique qui brûlaient dans celui du Korbat. Il avait l'air de le supplier. Lui qui, un instant plus tôt, n'aurait pas hésité à le tuer. Lui qui avait tué Hélé.

Blade détourna la tête.

Puisqu'il devait mourir là, dans un monde dont il ne savait encore pratiquement rien, peut-être à des milliers d'années-lumière de son monde à lui, et surtout, puisqu'il n'avait aucun moyen d'y échapper, autant s'y résoudre dignement. Il se détendit soudain, laissant son mental prendre le pas sur l'instinct de conservation. D'ailleurs, dans ce désert de pierraille torride, sous ce ciel incandescent et au-dessus de ce matelas de braises, il n'en avait plus pour longtemps.

S'il n'y avait pas eu cette souffrance !

L'épouvantable brûlure augmentait à chaque seconde et allait bientôt atteindre le seuil de l'insupportable. Alors, il devrait crier. Hurler son agonie. Jusqu'à ce que la lame du poignard qui l'éventrerait le fasse enfin basculer dans le néant. Non loin, il entendait les hurlements étouffés du Korbat. Et plus l'autre se démenait, plus Blade se calmait. Paradoxalement, plus il tentait de se vider l'esprit, plus il retrouvait intactes ses facultés intellectuelles. Il analysa la situation.

Hélé morte, plus personne ne pouvait logiquement intervenir pour le sauver. De plus, de par leur comportement, ces Arbats déguenillés lui semblaient suspects. Tout chez eux donnait une impression de démence. Mais Blade possédait trop peu d'éléments sur le caractère et la culture des Arbats pour se faire une juste opinion sur ses tortionnaires. Et puis il avait d'autres soucis en tête. Car, saines d'esprit ou non, ces créatures étaient bel et bien en train de préparer sa bonne viande britannique en vue d'un festin et...

Soudain, la vieille jusqu'alors accroupie devant les braises de Gohr vint se placer sous Blade de sa démarche boiteuse. Un rictus édenté aux lèvres, le regard bordé de conjonctivite et la morve au nez, elle leva lentement une main décharnée et armée d'un couteau; Blade se dit que l'instant de sa mort approchait à grands pas. Mais, lorsqu'il entendit la vieillarde ricaner et qu'il sentit son sexe empoigné avec force, il comprit que l'horreur montait d'un cran. Et la vieille se mit à secouer la hampe de chair, glapissant un ravissement qui, en d'autres circonstances, aurait pu être comique. Sous les quolibets et les rires encourageants de ses compagnons, elle lâcha son grand couteau et, des deux mains à présent, se mit à jouer avec le membre de Blade. Alors, ce qui devait arriver survint. Malgré la torture, la chaleur et la peur, la nature jouait son rôle. Magnifiquement. Et la vieille, de plus en plus ravie, continuait à jouer. Essayant de lutter contre cette réaction physiologique, Blade se demandait bien pourquoi la vieille femme s'en était prise à lui, plutôt qu'au Korbat. Mais avant qu'il n'ait trouvé la réponse, celui qui semblait être le chef du groupe s'approcha de lui et lui demanda, le corps secoué d'un gros rire et vulgaire :

— Sais-tu ce qui intrigue Tonilé, Lucke de malheur ?

Blade ne put que secouer négativement la tête.

— Parce que de mémoire d'Arbat, s'esclaffa l'hirsute, on n'avait jamais vu un pourri de Lucke aussi bien doté que toi. Alors, la vieille Tonilé, ça l'intrigue. Et ça l'amuse beaucoup aussi.

Blade en était absolument enchanté.

— Tu vas voir, reprit-il en continuant à rire grassement, tu vas voir que, dans un petit moment, elle va me demander l'autorisation de couper tes attributs pour pouvoir encore s'amuser avec, une fois que tu seras mangé.

Cette fois, Blade ne put résister. Le mental était une chose, certains accessoires physiques, autre chose. Il se mit à ruer, à envoyer des coups de pied inutiles et vains et qui n'avaient d'autres effets que de l'épuiser. Sous le coup de la panique, son sexe un instant glorieux s'était vivement rétracté. Sans doute fut-ce cette raison qui fit lâcher prise à la vieille. Déçue et furieuse, elle lança à Blade un regard de haine, tandis que se redressant, elle levait de nouveau le couteau. Fou de rage et de peur, Blade vit la lame approcher de son sexe. Il hurla de plus belle, ce qui fit redoubler les rires de l'assistance. Mais, de nouveau, la vieille Tonilé s'accrochait à lui de ses doigts griffus. Blade sentit l'acier brûlant du poignard entrer en contact avec sa peau, vit la lame se poser délicatement à la racine de son sexe. Une perle de sang coula, tomba sur la main décharnée de Tonilé et elle découvrit de nouveau ses chicots dans un sourire d'extase, avant de peser sur le poignard.

Blade perdit son courage. Il ferma les yeux.

Cette mort-là non plus, il ne l'avait pas imaginée.

CHAPITRE XI

Blade serra les dents, retenant de toute sa volonté le cri dément qui allait jaillir de ses lèvres bâillonnées. Mais l'horreur était telle que, sous le bâillon, sa bouche s'ouvrit malgré lui.

— Ça suffit !

Blade se figea. Sa propre voix était méconnaissable. Plus frêle. D'ailleurs, ce n'était pas la sienne.

— Reculez, bande d'impurs.

Toujours la même voix. Celle de quelqu'un d'autre. Blade ouvrit les yeux, se tordit pour mieux voir.

Et il les vit.

Toute une troupe d'Arbats. Il les reconnut à leurs traits fins, à leur peau laiteuse et à leurs cheveux de soie presque blanche. L'un d'eux, grand et fort, vêtu d'une simple combinaison en une espèce de textile grossier de couleur paille, s'était avancé vers le tapis de braises, face au vieux. Bras croisés sur la poitrine, regard sévère, il apostropha durement ce dernier :

— Cette fois, Rakamé, tu vas trop loin. Toi et les tiens méritez une punition.

La vieillarde avait lâché Blade et s'était peureusement reculée derrière l'imposante stature de « face couturée ». Celui-ci, rigide et soudain muet, baissait des yeux contrits. Le nouvel arrivant gronda :

— Fais détacher ces étrangers. Vite.

— Le Korbat aussi ?

Le nommé Rakamé avait sursauté. A la limite, il voulait bien libérer Blade, mais pas Gohr. Un sourire bienveillant apparut soudain sur la face lisse de l'Arbat. Il dit d'une voix plus clémente :

— Nous connaissons ta fidélité et ta haine pour les Korbats, Rakamé. Mais je veux entendre tes prisonniers.

— Ils ont tué une des nôtres ! fit valoir le « couturé ».

Nouveau sourire de l'arrivant.

— Ils n'ont tué personne. Notre sœur est seulement blessée. Détache-les, je te dis. Ne m'oblige pas à le faire moi-même devant tout le monde.

Les nouveaux venus étaient une quarantaine. Tous armés de longues épées et d'étranges arbalètes en matière transparente. A leurs ceintures pendaient des carquois remplis de traits faits d'une matière qui ressemblait au cristal. Un armement qui, hormis les arbalètes, n'avait rien à envier à celui des autres. Pourtant, malgré sa vingtaine d'hommes aux mines patibulaires, ses arcs et ses épées, Rakamé ne semblait pas disposé à entamer le combat. Au contraire. Après avoir longuement soutenu le regard limpide de l'arrivant, il leva les bras au ciel en éclatant d'un grand rire nerveux.

— Puisque tu les veux, Fahré, je te donne mes prisonniers... contre... un peu de Sublime Essence de Vie.

Le visage de l'arrivant se ferma soudain. Autour de la troupe de Rakamé, les hommes de Fahré avaient levé leurs arbalètes avec un bel ensemble. Traits engagés, cordes tendues, ils attendaient l'ordre. Une formidable impression de discipline émanait de l'ensemble et, pourtant apparemment aguerris, les fidèles de Rakamé n'osaient pas broncher. De nouveau, la voix de Fahré s'éleva. Plus dure, plus autoritaire encore :

— Tu n'auras pas une goutte de Sublime Essence de Vie, Rakamé. Dépêche-toi de libérer ces deux-là.

Le ton était sans appel.

Le grand vieillard sembla un instant peser le pour et le contre, finit par hocher la tête, vaincu.

— Détachez-les, vous autres, lança-t-il à ses hommes.

Blade ne retenait qu'une chose de tout cela; Hélé n'était pas morte. Il sentit des mains l'empoigner, puis, des lames coupèrent ses liens et il se retrouva bientôt allongé dans la poussière, grimaçant de douleur. Sa peau était à vif et cloquait par endroits. Pourtant, il commençait à avoir froid et ses dents s'entrechoquaient. Quelqu'un vint le recouvrir d'un drap épais. Il eut encore le temps de voir qu'on délivrait également Gohr, avant qu'on ne l'attache lui-même sur le dos d'un étrange animal, une sorte de licorne noire, à l'épaisse crinière translucide.

— Ne bouge pas, Lucke, fit une voix d'homme derrière lui. Et n'essaie pas de t'enfuir.

Blade se dit que c'était pourtant ce qu'il aurait de mieux à faire. Mais, au moment où l'animal frémissait en se préparant à partir, il se sentit plonger dans un autre gouffre noir.

***

— Ne bouge pas.

Blade avait repris conscience d'un seul coup. Sans doute à cause des légers frôlements qu'il sentait courir sur son corps. Ou plutôt, des caresses. Etonné et encore légèrement groggy, il ouvrit les yeux, ne vit que des choses floues et comprit qu'il était allongé à plat ventre.

— Ne bouge pas, répéta impatiemment la voix.

Une voix de femme. Blade resta immobile. On était en train de le soigner. Avec précaution, des mains délicates caressaient la peau de son dos. Et alors qu'avant l'évanouissement les brûlures étaient devenues insupportables, la douleur s'apaisait à présent. Juste de légers picotements. Comme si une foule d'insectes butinaient sa peau. Enfin, les mains invisibles firent pivoter son buste et la voix intima :

— Retourne-toi, Lucke.

Il obéit, reconnut immédiatement le décor intérieur d'une grande tente en toile bise, vit un visage de femme penché sur lui. Une femme qui ressemblait à Hélé, en moins jeune. Dans le monde de Blade, on lui aurait donné la trentaine passée. Elle avait les mêmes traits qu'Hélé, les mêmes yeux clairs, la même peau étonnamment laiteuse. Sévère, elle le considérait avec une feinte indifférence. Elle était intriguée. Sans un mot de plus, elle plongea ses mains nues dans une calebasse remplie d'un onguent sirupeux et se mit à enduire le torse de Blade de la même manière, à la fois douce et volontairement détachée. Blade ne souffrait presque plus. Il voulut savoir de quoi son avenir serait fait et décida d'entamer le dialogue. De la manière la plus anodine :

— Je m'appelle Richard Blade, révéla-t-il à brûle-pourpoint. Et toi, quel est ton nom ?

En échange, il n'eut droit qu'à un bref regard de côté. La jeune Arbat semblait trop affairée pour le soigner et répondre en même temps. Blade voulut insister, mais, alors qu'il se redressait sur un coude pour tenter d'amorcer le dialogue, la lourde tenture qui servait de cloison s'écarta, livrant passage à Fahré. Celui-ci demeura un instant sur le seuil, considérant d'un œil indifférent les fins lambeaux de peau que les mains habiles de la jeune femme détachaient de son torse. Puis, s'approchant de la litière de Blade, il se laissa tomber entre les bras d'un large fauteuil couvert de coussins en grosse toile rouge sang. Avec un léger soupir, il déclara :

— Tu reviens de loin, Lucke.

Il ne croyait pas si bien dire. Mais, dans l'état où il était, Blade était hermétiquement fermé à toute forme d'humour. D'une voix rogue, il questionna :

— Qui êtes-vous ?

Puis, se rendant immédiatement compte de son ingratitude, il corrigea :

— Excuse-moi, Fahré. Mon nom est Richard Blade. Je dois te remercier de m'avoir sauvé la vie.

— Ta vie n'est pas encore sauvée, Lucke. Ton complice et toi avez gravement blessé notre sœur. Pour cela, vous devrez payer. Mais avant, je veux tout savoir, lança sombrement celui qui semblait être le chef de la troupe. Notamment ce que faisaient ensemble un thor de Korbat et un Lucke comme toi.

Tandis que la jeune femme continuait à lui arracher doucement la peau, Blade répondit d'une voix égale :

— Je ne suis pas un Lucke.

Fahré marqua une surprise incrédule.

— Comment cela ?

Blade secoua la tête.

— Tu ne pourrais pas comprendre, Fahré. Il faut me croire.

Le chef frappa violemment les bras de son fauteuil. Raidi, le regard allumé de colère, il cingla :

— Crois-tu les Arbats si stupides qu'ils ne puissent comprendre les mensonges d'un thor de Lucke ?

Les choses s'envenimaient. Blade décida de se montrer diplomate. Mais ferme. Plantant ses yeux dans ceux de Fahré, il déclara :

— Ce n'est pas ce que j'ai voulu dire.

Simplement, il y a des choses que la plus intelligente des créatures humaines ne peut imaginer.

— Créatures humaines! tiqua l'Arbat. Que racontes-tu, Lucke? Essaies-tu de me noyer dans un flot de paroles incompréhensibles?

Blade se redressa davantage pour mieux voir son interlocuteur. Mais, d'un geste, celui-ci le dissuada d'en faire davantage.

— Il y a des gardes tout autour de cette tente, prévint-il, glacial. Tu mourrais avant d'avoir fait trois pas dehors.

— Mais je ne cherche pas à m'enfuir! s'irrita Blade. Je veux juste...

— Et moi, coupa l'Arbat, je veux que tu me racontes comment le Korbat et toi êtes arrivés sur nos terres, et comment vous vous êtes emparés de notre sœur.

C'était dit d'un ton sans réplique. Blade soupira à son tour. Visiblement cet entretien ne s'ouvrait pas sous les meilleurs auspices. Mais le souci que lui causait le sort d'Hélé fut plus fort. Il grogna :

— Je parlerai quand tu m'auras donné des nouvelles d'Hélé.

— Hélé?

— La jeune Arbat que le Korbat a blessée.

Fahré hésita entre la colère et le dialogue, finit par céder :

— Elle est soignée par nos Sorciers de la Connaissance. Pourquoi l'appelles-tu Hélé?

— Parce que c'est le nom qu'elle m'a donné.

Dans les yeux clairs de Fahré, des lueurs d'intérêt s'étaient allumées... Il insista :

— Quand t'a-t-elle donné ce nom. Et où ?

— La nuit dernière. Dans les Marais de la Dernière Souffrance.

Les minces sourcils peints en bleu de l'Arbat se froncèrent. Il garda le silence un instant, avant d'insister encore :

— Raconte. Je veux tout savoir.

Blade fit alors le récit succinct de l'horrible nuit dans les marais de fange, passant toutefois sous silence la manière dont lui-même y avait atterri. Nouveau silence incrédule de Fahré. Puis il se laissa aller contre le dossier de son fauteuil et, sans quitter Blade de ses yeux luminescents, il déclara plus doucement :

— Si ce que tu dis est vrai, Lucke, si notre sœur ne t'a pas menti sur ses origines, tu viens sans doute de sauver ta vie.

Blade en fut absolument ravi.

— C'est la stricte vérité, lâcha-t-il, agacé de tant de discussions. Tu n'auras qu'à interroger Hélé.

— C'est ce que je ferai peut-être, laissa tomber l'Arbat.

— Pourquoi, peut-être ?

L'autre lui jeta un regard figé.

— Je le ferai... si elle survit. Mais à ce propos, nos Sorciers de la Connaissance sont très pessimistes.

Une petite boule d'angoisse monta dans la gorge de Blade. Une angoisse mêlée d'un chagrin acide. En une seule nuit, il s'était pris d'une véritable affection pour la rétive petite Arbat. Il aurait voulu étrangler cette brute de Gohr.

Relevant les yeux sur le chef Arbat, il dit, sincère :

— J'espère qu'Hélé survivra.

— Tu peux l'espérer très fort, répondit l'Arbat, implacable. Car si notre sœur mourait, toi et le Korbat, je vous rendrais à ce fou de Rakamé. Et ce serait encore une mort trop douce, commenta l'Arbat, avant de quitter son fauteuil.

Il écartait la tenture pour sortir, quand il se retourna pour lancer, glacé, en désignant « l'infirmière » de Blade :

— S'il te venait à l'idée de prendre Zuhri en otage pour tenter de t'échapper, sache que c'est une vendue de Soumise qui rachète ses trahisons par le servage. Les gardes vous tueraient tous les deux.

Sur ces mots, il sortit.

Les choses n'étaient décidément pas simples.

CHAPITRE XII

— De toute façon, ils finiront par te tuer.

Blade leva un regard indécis sur la belle Zuhri. Elle avait cessé de le masser, s'était assise sur les talons, le fixant d'un air las.

— Qu'est-ce qui te fait dire ça ?

Elle esquissa un sourire triste, hésita, finit par dire :

— Les Insoumis sont des fanatiques. Certes, cela fait des lustres qu'ils résistent aux Zohrs comme aux Korbats, des lustres qu'ils prônent le refus de la Sublime Essence de Vie, mais cette résistance leur a clos les paupières. Dans leur esprit, seule leur idéologie est juste. Tant qu'ils luttent pour la liberté du peuple Arbat, ils estiment qu'ils ne peuvent se tromper. Mais au nom de cette idéologie, ils commettent les mêmes crimes que leurs ennemis.

Zuhri se tut, reprit son souffle et s'essuya les mains, avant de déclarer, regard baissé :

— Te voilà soigné, Lucke. Demain, ta peau brûlée t'aura quitté et tu te sentiras mieux.

Elle se leva avec grâce, lissa sur ses jambes la

longue tunique de textile léger et, après un bref regard à Blade, elle gagna la tenture en déclarant :

— Je suis heureuse, Richard Blade. Heureuse que tu m'aies écoutée. Tu es le premier.

— Zuhri ?

La jeune femme allait disparaître, quand la voix de Blade l'immobilisa. Encore confuse de son aveu, elle n'osait pas le regarder. Blade dit doucement :

— Quel que soit le sort qui me sera réservé, je veux que tu viennes me parler quand tu en auras envie. Mais ne tarde pas trop, sourit-il. Parce que je peux mourir d'un moment à l'autre.

Elle hésita, leva un regard changé sur lui et, d'un coup, elle revint s'agenouiller près de sa couche.

— Que puis-je faire pour t'aider, Richard Blade ?

Tendue, elle avait visiblement peur de sa propre audace. A sa manière, elle aussi entrait en Résistance. Blade sourit.

— Rien, Zuhri. Rien pour le moment. Ce serait t'exposer inutilement. Mais, pour aider Hélé, tu peux peut-être faire quelque chose.

— Quoi ?

— Sais-tu qui elle est ?

— Oui. Je vous ai entendu parler, toi et Fahré. Si ce que tu as dit est vrai, elle serait la fille aînée d'Abékhar, notre Grand Prêtre à tous.

Elle avait dit NOTRE Grand Prêtre. Preuve que, malgré ses « trahisons », elle se considérait toujours comme une Arbat. Et, comme si elle suivait les pensées de Blade, elle avoua tout à trac :

— Fahré a dit vrai. J'ai trahi les miens.

— Cela ne me concerne pas, Zuhri. Je ne suis pas des vôtres et je n'ai pas à juger.

— Tout à l'heure, tu m'écoutais, reprocha la jeune femme. T'ai-je lassé ?

— Non, mais...

— Je les ai trahis par amour, Richard Blade, peux-tu comprendre cela ?

— Je ne sais pas.

— Il était beau. Et gentil, poursuivit-elle, visiblement en proie à une sorte de transe. Malheureusement, c'était un Lucke. Comme toi, ajouta-t-elle en relevant les yeux sur lui. Les miens ne m'ont jamais pardonnée. Selon eux, j'ai trahi le peuple Arbat tout entier.

— Sans doute parce qu'ils s'estimaient en guerre contre les Luckes ? tenta Blade.

Ce qui arracha un rire amer à la jeune femme.

— Korbats, Arbats et Luckes ont toujours été en guerre. Il en est ainsi depuis des mémoires et des mémoires. Depuis l'arrivée des Zohrs sur nos terres. A cause de cette terrible Sublime Essence de Vie qu'ils ont apportée avec eux.

— Parle-moi de cette Essence de Vie.

— Non !

Elle s'était soudain reculée, affolée d'en avoir déjà trop dit. Blade la rattrapa par le poignet.

— Zuhri ! dit-il tout bas. Tu n'as pas à avoir peur. Personne ne saura ce qui s'est dit entre toi et moi.

Elle hésita encore, finit par se lancer, comme on se jette à l'eau :

— La Sublime Essence de Vie est une invention maléfique. Elle n'est que l'instrument du pouvoir du vieil Ozohr. Grâce à elle, ce vieux Zohr et sa clique de Diaphanes règnent sans partage sur tous les territoires de ce monde. Et ceci depuis les mémoires de nos ancêtres et les nôtres. Mais je n'ai pas peur, ajouta-t-elle dans un souffle. Au contraire.

— Que veux-tu dire ?

— Je veux dire qu'avant de connaître celui qui a fait naître l'amour en moi, avant que je ne trahisse les miens pour un Lucke, j'étais, moi aussi, une adepte de la Sublime Essence de Vie. Mais Rhizos m'a fait comprendre. Il appartenait à l'Empire de ceux du Milieu. Il rejetait toute idée d'éternité du corps. Il prétendait que chacun doit parcourir son chemin et disparaître lorsque sa mission est accomplie. Et j'ai compris cela. Facilement. Rhizos n'a eu qu'à m'en fournir l'explication.

— L'explication ?

La jeune femme esquissa un bref sourire. A présent, son visage lisse et pur n'exprimait plus qu'une totale sérénité. Elle dévoila :

— La seule explication possible à une telle attitude.

Blade se pencha en avant, malgré lui intéressé.

— Tu peux me la donner, cette explication ?

— Bien sûr, sourit-elle. Je croyais que tu avais compris qu'il s'agissait de l'amour.

Il fronça les sourcils.

— L'amour ?

— L'amour, répéta-t-elle. L'amour et sa durée.

Blade en resta bouche bée. Il garda le silence un moment, observé avec douceur par Zuhri. Finalement, il laissa tomber dans un souffle :

— Je crois que j'ai compris. Tu veux dire que... que, puisque l'amour ne peut réunir éternellement deux êtres... Rhizos et toi avez eu la sagesse de refuser l'éternité... pour ne pas assister à l'inéluctable fin de VOTRE amour !

Un long silence suivit ses paroles. Tous deux se regardaient. Droit dans les yeux. Ce fut Zuhri qui reprit la parole. D'une voix douce et calme.

— J'ignore d'où tu viens, Richard Blade. Je devine seulement que tu n'es pas un Lucke, mais que ton esprit est grand comme l'Univers d'en Haut. Comme celui de Rhizos.

Elle marqua un silence, puis, son regard translucide toujours accroché à celui de Blade, elle ajouta encore :

— Ils ont tué Rhizos. Toi, ils ne te tueront pas. Je le jure.

— Eh, toi ! cria soudain une forte voix de l'extérieur. Tes soins sont bien longs. Sors un peu de là.

Zuhri sursauta légèrement, se pencha sur Blade pour souffler :

— Ils me surveillent tout le temps. Je reviendrai te voir plus tard. Où que tu sois.

— Zuhri.

Blade lui avait de nouveau saisi le poignet.

— Si tu veux m'aider, dit-il tout bas, tâche de savoir où se trouve Hélé. Essaie d'entrer en contact avec elle et demande-lui comment joindre son père.

— Mais, Fahré a dit qu'elle risquait de mourir. Elle est sans doute inconsciente.

— Je n'y crois qu'à moitié, avoua Blade. J'ai l'impression que Fahré va se servir d'elle pour faire pression sur son père.

Zuhri ouvrit de grands yeux incrédules.

— Mais... pourquoi ?

Blade sourit, laissa tomber énigmatique :

— Sans doute a-t-il besoin de lui pour obtenir quelque chose de particulier.

— Tu... tu soupçonnerais Fahré de t'avoir menti ?

— Je ne sais pas encore, éluda Blade. Fais seulement ce que je te demande.

En réalité, il ne croyait pas du tout Fahré. Si l'autre avait été de bonne foi, il aurait déjà envoyé un émissaire auprès du Grand Prêtre pour le prévenir qu'on avait retrouvé sa fille. Or, il n'avait fait aucune allusion à une telle démarche. Bien sûr, il avait pu agir dans ce sens sans en informer Blade. Mais, par expérience, ce dernier avait appris à se méfier de tout et de tous. Il préférait prendre des précautions. Fixant la jeune Arbat, il insista :

— Tu veux bien essayer de faire ce que je t'ai demandé ?

Elle hocha la tête.

— Je le ferai. C'est tout ?

— Oui, dit Blade. Surtout, ne t'expose pas inutilement.

Zuhri disparut et, avant que ne retombent les

pans de la tenture, Blade eut le temps d'apercevoir, à l'extérieur, deux gardes armés d'épées et d'arbalètes. L'astre du jour semblait encore plus ardent qu'auparavant, au point qu'il aveuglait comme la lumière d'une lampe à arc. Et, sous la tente, la chaleur devenait insupportable. Mais, contre toute attente, les brûlures de Blade ne le faisaient pas souffrir et sa nouvelle peau « décapée » était d'un joli rose de nouveau-né. Par acquit de conscience, il se redressa pour essayer de voir ce qui se passait autour de la tente. Il s'approcha de la toile, à l'opposé de la tenture qui en assurait l'ouverture et, s'agenouillant par terre, il risqua un œil par une fente au ras du sol.

Quand il se redressa, un pli de contrariété marquait son front. Autour de sa tente, il y avait tout un camp. Plein d'Arbats en armes. Il alla se rallonger sur sa couche, et, mains derrière la nuque, se mit à réfléchir. Un peu plus tard, un soldat Arbat lui apporta une écuelle de souper et une calebasse d'eau. Blade l'apostropha :

— Je veux parler à Fahré.

— Fahré a dit de te donner à manger et à boire, répliqua mécaniquement l'Arbat Insoumis. Il a dit que tu devais attendre.

Blade insista :

— Je veux sortir de cette tente. Il y fait une chaleur de four.

L'effleurant à peine de son regard clair en amande, l'autre dit sèchement :

— C'est impossible. Fahré l'a interdit.

Blade aurait évidemment pu maîtriser le garde Arbat. Mais, dehors, il lui aurait également fallu se battre contre tous les autres. Entreprise nettement plus hasardeuse, dans les conditions actuelles. Il se contenta donc de hocher la tête et commença à manger son maigre repas.

Au moins, maintenant, les choses étaient claires.

Il était prisonnier.

— C'est bien, dit-il au garde qui reculait vers l'entrée. J'attendrai que Fahré revienne.

Soudain, à peine la tenture était-elle retombée qu'un long cri aigu résonna dans le lointain. Un cri de femme. Blade se crispa, résista à l'envie folle qui le traversa de s'élancer au-dehors. En effet, rien n'indiquait que ce cri avait été poussé par Zuhri ou par Hélé. Les Arbats Insoumis avaient aussi leurs femmes. Et, dans la chaleur de la mi-journée, Blade décida qu'il devait se reposer.

Il plongea dans une poisseuse torpeur.

Beaucoup plus tard, un frôlement du côté de la tenture le réveilla. Blade s'aperçut que la nuit était complètement tombée. Escortée par le garde portant une torche, Zuhri fit son entrée. Sans un mot, tandis que le garde accrochait la torche à une attache du mât central de la tente, elle s'assit sur les talons, ouvrit la boîte en vannerie qui lui servait de pharmacie. Blade se laissa enduire de nouveau sur tout le corps. Quand les mains de Zuhri arrivèrent à la mince coupure faite par la vieille folle, autour de son sexe, elle ne sembla pas s'apercevoir de la réaction immédiate que ses caresses déclenchèrent. C'était la première fois. Lors des premiers soins du matin, Blade était encore trop faible. Un peu dépassé, il questionna :

— Est-ce que tu soignes tous les hommes de ce camp ?

Elle leva sur lui des yeux parfaitement sereins, pour acquiescer :

— Avant, je partageais ce travail avec la vieille Tonilé. Mais elle est partie vivre avec Rakamé et ses Arbats rebelles. Maintenant, je fais beaucoup de choses.

Blade décida d'ignorer son sexe dressé entre les mains expertes de Zuhri. Il questionna encore :

— As-tu pu t'approcher d'Hélé ?

Zuhri lança un regard furtif autour d'elle, hésita avant de répondre :

— Tu avais raison de te méfier de Fahré.

— Qu'est-ce qui te fait dire cela ?

— Hélé est sa prisonnière. Comme toi. Et sa tente est encore mieux gardée que la tienne.

Ainsi, Blade avait vu juste. Pris d'un sombre pressentiment, il dit encore :

— Tout à l'heure, j'ai entendu un cri de femme. C'était elle ?

Une nouvelle fois Zuhri se troubla et finit par avouer.

— Après avoir été soignée d'une simple plaie au cuir chevelu, elle a cherché à te rejoindre. Alors...

— Alors ?

— Alors, ils l'ont attachée à quatre piquets. Comme un thor enragé. L'Essence de Vie recommençait à couler de sa blessure, j'ai dû la soigner de nouveau. Maintenant, elle va mieux.

— Tu as pu lui parler ? insista Blade.

— Oui. Mais très peu. A cause de ses gardes. Elle m'a chargée de te dire que Fahré a envoyé un messager à son père pour lui proposer un marché.

— Quel marché ?

— C'est lui le Grand Prêtre qui gère les stocks de la Sublime Essence de Vie allouée à son peuple par les Zorhs. Fahré exige d'échanger tous les stocks contre Hélé.

Blade haussa un sourcil étonné et elle précisa :

— Grâce à cette Sublime Essence de Vie, Fahré compte acheter certains Korbats pour se faire livrer des armes.

— Des Couteaux tonnerre ?

Elle lui lança un regard étonné.

— Oui. Comment le sais-tu ?

Sans répondre, Blade sourit. Une petite idée commençait à lui chatouiller l'esprit. Dans le feu de la conversation, Zuhri avait oublié de le « soigner ». Pourtant, il était demeuré dans le même état. Doucement, comme pour couper court aux questions qu'elle n'allait pas manquer de lui poser encore, Blade attira Zuhri à lui. D'abord, affolée par la proximité des gardes, elle voulut lui échapper. Mais il lui avait déjà saisi les deux poignets.

— Tu as fait du bon travail, souffla-t-il en approchant son visage du sien.

Il ne précisa pas s'il faisait allusion à son travail de renseignement ou à ses talents de manipulatrice. Déjà, il avait emprisonné sa taille flexible entre ses bras et plaquait avec douceur son corps contre le sien. Alors, presque brutalement, dans un élan de tout son être, la jeune Soumise lui donna sa bouche.

Ce fut un long baiser. Sauvage et vorace... très expérimenté. Un baiser qui dura longtemps et qui s'acheva dans un soupir de Zuhri, quand Blade la repoussa légèrement.

— Tu sais donc te servir de ta bouche pour embrasser, dit-il, un peu étonné.

Elle s'immobilisa, plongea son regard clair dans celui de Blade et, avec un petit rire charmant, avoua :

— Il n'y a que ces primates de femelles Korbats qui ne connaissent pas l'amour sur les lèvres. Quant aux femmes de notre peuple, précisa-t-elle avec fierté, ce sont les plus ardentes.

— Je vois, grogna Blade.

Il se souvenait de la comédie jouée par Hélé à propos de leur baiser dans la barque. Désormais, ne serait-ce que pour régler ce compte-là avec elle, il devait absolument la tirer des griffes de Fahré. Mais, parce qu'il y avait un temps pour chaque chose, il décida de ne plus songer à Hélé pour le moment. Effleurant de nouveau les lèvres de la jcune Arbat, il demanda :

— Je peux encore ?

Pour seule réponse, Zuhri s'empara elle-même de sa bouche. Dans le même temps, elle roulait contre lui sur la couche et, tandis qu'il aventurait lentement ses mains sous la tunique de toile pour y trouver deux globes fermes et tendres à la fois, elle s'ouvrit sous lui, noua aussitôt les jambes autour de ses reins. A cet instant, Blade oublia les souffrances de son corps blessé, brûlé.

Il oublia aussi sa coupure mal placée.

CHAPITRE XIII

— J'ai un marché à te proposer.

Fahré considéra Blade comme s'il venait de proférer une insulte. Dans sa face laiteuse inexpressive, son étrange regard en amande jeta des éclairs.

— Tu n'es pas en mesure de proposer quelque marché que ce soit, grinça-t-il. Tu es mon prisonnier. Comme le Korbat et cette Arbat.

Il était de mauvaise humeur. Le matin, au cours de la séance de soins, Zuhri avait appris à Blade que le Grand Prêtre des Arbats avait ignoré avec mépris le chantage de l'Insoumis. Jamais il ne braderait la Sublime Essence de Vie de son peuple, fût-ce pour sauver sa fille. D'ailleurs, s'il avait cédé, Hélé aurait aussitôt dû accepter d'entrer dans le lit du vieil Ozorh pour qu'il consente à fournir de nouveaux stocks d'Essence de Vie. De toute façon, elle était donc sacrifiée. Autant que ce soit avec noblesse.

— Je crois que tu te trompes, Fahré. Et, si ce que je crois est juste, tu aurais même intérêt à m'écouter.

— Intérêt ? Est-ce que, par hasard, tu oserais menacer Fahré l'insoumis ?

Dans les yeux de l'Arbat, une lueur dangereuse s'était allumée. Derrière lui, les deux soldats qui l'accompagnaient avaient déjà la main sur le pommeau de leur lourde épée. Des épées apparemment bien aiguisées. Les reflets d'un rayon de soleil passant entre les tentures s'y accrochaient furieusement. Blade secoua la tête.

— Il ne s'agit pas de menaces, mais d'un simple conseil. Si je peux me permettre, ironisa-t-il. Je pourrais peut-être, disons... te racheter nos libertés.

— Vos libertés ! sursauta l'Arbat.

— Je parle de la mienne, de celles d'Hélé et de Gohr.

L'autre le regarda par en dessous, l'air de le jauger. Il garda le silence un moment, avant de lâcher, apparemment indifférent :

— Parle.

— Toi et tes Insoumis avez sûrement le plus grand besoin d'armes. Je peux peut-être vous aider à en obtenir.

— Toi, un Lucke. Me procurer des armes ! jeta l'Arbat sur un ton méprisant.

Quand on connaissait la lâcheté et la faiblesse de caractère des Luckes, il y avait de quoi être surpris en effet. Blade s'était attendu à cette réaction. L'occasion rêvée pour tenter une nouvelle fois de s'expliquer. Il secoua la tête et décida de dévoiler une partie de la réalité.

— Je ne suis pas un Lucke, Fahré.

Soupir du leader Arbat. Il prenait visiblement sur lui pour ne pas couper court.

— Je t'écoute, dit-il d'un ton lassé d'avance.

— Je ne suis pas un Lucke, répéta Blade en quittant sa couche pour se dégourdir les jambes.

Aussitôt, les deux cerbères amorcèrent des gestes menaçants.

— Laissez, ordonna Fahré en s'installant dans le fauteuil. Donc, tu n'es pas un Lucke, Richard Blade. Pourtant, tu as le physique d'un Lucke et seuls les Luckes ont cette apparence dans ce monde. Hormis, peut-être, cette différence de taille entre leur appendice reproducteur et le tien. Mais, après tout, cela ne signifie rien. Tu pourrais aussi bien être un Lucke infirme. Il doit en exister.

Blade n'en revenait pas. Lui, infirme ! Et précisément de ce côté-là ! La nuit dernière, Zuhri n'avait pas semblé abonder dans ce sens. Au souvenir de son intermède amoureux avec la jeune Arbat, il sourit.

— De ce point de vue, renvoya-t-il, je ne me sens pas très différent de mes congénères. Mais tu ne peux évidemment le savoir. Je suis le premier que tu vois.

— Serais-tu par hasard un envoyé direct du Grand Géomètre ?

Cette fois, le ton était franchement ironique. Blade ne s'en formalisa pas. Il eut envie de rétorquer que toute créature vivante était en quelque sorte l'envoyée du Grand Géomètre, mais ce n'était ni l'heure ni le lieu pour entamer un débat philosophique ! Il reprit :

— Dis-moi une chose qu'un Lucke serait physiologiquement dans la totale impossibilité de faire.

Blade avait posé cette question à dessein. Si ce qu'il pensait s'avérait juste, il n'aurait aucune difficulté à prouver sa différence fondamentale, non seulement avec les Luckes, mais également avec les Arbats et les Korbats. Devant lui, Fahré réfléchissait. Brusquement, il haussa ses très fins sourcils bleuis et déclara comme s'il s'agissait d'une évidence :

— L'eau, bien sûr.

— L'eau ?

L'Arbat eut un geste d'agacement.

— Tu le sais bien, espèce de Lucke couard ! L'eau ! Non seulement la tienne, mais toutes les races de cette création ont en commun de ne pouvoir survivre dans l'eau plus d'un Arc Astral. Même le plus idiot des Luckes sait cela.

Couard et idiot ! Les Luckes s'étaient décidément taillés une belle réputation auprès des autres communautés de ce monde ! Mais Blade n'allait quand même pas se vexer pour eux. Restait à savoir à quoi correspondait un Arc Astral. Sans doute une unité de mesure dans la courbe du soleil entre son lever et son coucher. A vérifier.

— Mais après tout, reprit Fahré, tout ça n'a aucune importance. Revenons aux armes. De quel genre d'armes s'agit-il ?

Pragmatique, l'Arbat Insoumis. Blade hocha la tête.

— Si nous tombons d'accord, dit-il, je

m'engagerai à te fournir un stock important de couteaux-tonnerre.

La révélation fit l'effet escompté sur Fahré. Son étrange visage laiteux à la peau vernissée s'était soudain figé. Stupéfait, il fixait Blade sans paraître le voir. Ces fameux couteaux-tonnerre semblaient avoir une réputation terrifiante. Puis la stupéfaction disparut de la face laiteuse et le regard de l'Insoumis fulgura de colère.

— A te moquer ainsi de moi, thor de Lucke, tu pourrais bien retourner griller sur les braises de ce fou de Rakamé.

— Et tu perdrais ainsi une belle occasion de rétablir l'équilibre entre vos peuples, rétorqua tranquillement Blade.

L'autre le fusilla des yeux. D'un geste autoritaire, il congédia ses gardes qui refluèrent à contrecœur pour se poster à l'extérieur. Lorsqu'ils furent seuls, Fahré considéra Blade avec froideur. Quand il reprit la parole, sa voix avait baissé d'un ton. Une voix qui flirtait avec le zéro absolu.

— Personne ne m'a jamais parlé aussi familièrement devant mes hommes, Richard Blade. Tu as le ton frondeur d'un Insoumis face à l'ennemi, mais tu n'es pas un Insoumis. Alors, tu vas devoir réparer.

— Comment ?

— En me procurant réellement ce stock de couteaux-tonnerre, comme tu prétends pouvoir le faire. Dans ce cas, vous serez libres tous les trois. Bien que je ne comprenne pas pourquoi tu tiens à sauver un Korbat. Mais si tu m'as menti devant mes gardes, que tu sois alors un thor de Lucke ou un quelconque envoyé du Grand Géomètre, je fais le serment de t'ouvrir le ventre moi-même et de remplacer tes entrailles par tout un chargement d'herbes de feu.

Blade vit dans ses yeux qu'il ne mentait pas. Charmant programme. Sur les bras du fauteuil, les doigts blêmes de l'Insoumis ressemblaient à des serres d'oiseaux de proie. Malgré leur finesse, Blade les soupçonnait d'une grande force. Il suffisait de voir les lourdes épées massives des Arbats pour s'en convaincre.

— Je ne t'ai pas menti, risqua-t-il.

— Alors, gronda le chef Résistant, dis-moi comment tu comptes me procurer ces armes.

Blade éleva une main apaisante.

— Je te le dirai, Fahré. Mais avant, je dois parler au Korbat.

Le chef Insoumis lui jeta un regard de côté. Il semblait lire dans les pensées de Blade.

— J'espère pour toi que tu tiendras parole, Richard Blade. Parce que cette collusion avec le Korbat me révulse. Pour cela, en cas de trahison de ta part, je te ferais d'abord castrer par la vieille Tonilé.

Blade allait encore protester, quand l'Arbat abandonna brusquement son fauteuil. Avant de quitter la tente, il se retourna pour jeter, glacial :

— N'essaie pas de t'évader ou de secourir tes amis, Richard Blade. Parce que le même traitement te serait immédiatement appliqué.

S'il est vrai qu'un homme prévenu en vaut deux, Blade avait désormais un compagnon de détention. Un instant plus tard, une poignée de gardes peu amènes traînèrent un Gohr enchaîné et couvert d'ecchymoses aux pieds de Blade. Ils ressortirent à regret, lançant des regards soupçonneux aux deux prisonniers. Bien que n'éprouvant aucune pitié pour lui, Blade questionna aussitôt :

— Que t'est-il arrivé ?

— Ces thors d'Insoumis m'ont frappé toute la nuit.

— Que voulaient-ils te faire avouer ?

— Ils m'ont pris pour un commando comme il en vient parfois ici pour tuer de l'Insoumis. Leurs spécialistes de la torture voulaient me faire dire où étaient ceux qui m'accompagnaient. Ils vont négocier la fille avec le vieux Grand Prêtre. Ensuite, ils nous tueront tous les deux.

Blade hocha la tête. Rien n'avait changé, y compris dans l'univers interdimensionnel. La guerre serait toujours la guerre. Pressé d'en venir au fait, il déclara :

— Je peux peut-être sauver nos vies.

Le Korbat le considéra, interdit. Les blessures de sa face prognathe accentuaient encore son air débile.

— Tu quoi ?

— Crois-tu Fahré capable de respecter sa parole ?

Malgré ses gnons, le Korbat éclata d'un petit rire cruel et méprisant qui découvrait ses crocs jaunâtres.

— Les Insoumis sont assez stupides pour avoir de l'honneur !

Blade éprouvait de plus en plus de dégoût pour le Korbat. Mais on ne choisissait pas toujours ses alliés. Il grogna :

— Eh bien, souhaite que Fahré fasse preuve d'honneur une fois de plus. Parce que je viens de conclure un marché avec lui.

Gohr grimaça.

— Quel genre de marché ?

— Je lui ai proposé ton stock de couteaux-tonnerre contre nos trois vies.

Un silence de cathédrale suivit. Epais, bourdonnant d'ondes de chaleur. Blade transpirait abondamment. Mais il avait d'autres soucis. L'effarement brusquement mêlé d'inquiétude qui venait de s'inscrire sur la face grossière du Korbat lui fit éprouver un pincement d'angoisse au plexus. Il questionna :

— Quelque chose ne va pas ?

Le visage prognathe parut se rétrécir subitement. Cette fois, sous l'effet d'un sentiment que Blade pouvait reconnaître dans n'importe quelle dimension.

La peur.

— Alors, laissa tomber Gohr d'une voix blanche, toi et moi, on est déjà morts.

Saisi d'un affreux pressentiment, Blade insista :

— Pourquoi ?

L'autre secoua la tête.

— Parce que cette histoire de couteaux-tonnerre, c'est un truc que j'ai complètement inventé. C'était du bluff. Pour t'amadouer.

Le Korbat se tut brusquement, avant de secouer sa grosse tête pour dire encore, sinistre :

— Maintenant, ils vont nous tuer.

Blade n'était même pas furieux. Atterré, il devait admettre l'évidence. Cette fois, c'était fichu.

CHAPITRE XIV

— A moins que...

Gohr se tut aussitôt. Comme s'il craignait déjà d'en avoir trop dit. Jusque-là occupé à échafauder divers plans susceptibles de le tirer d'affaire en compagnie d'Hélé, Blade releva la tête, surpris :

— A moins ?

— Non, dit le Korbat en secouant la tête, découragé. Non. Ça ne peut pas marcher.

Blade revint se planter face à lui, gronda :

— Si tu as une idée, dis-la. Sinon, j'appelle les gardiens pour qu'ils te ramènent. Ils pourront bien faire de toi ce qu'ils voudront. Ton sort m'importe peu.

L'autre tenta un instant de soutenir son regard, mais, n'y parvenant pas, il finit par baisser les yeux en avouant platement :

— A moins qu'on n'arrive à décider Fahré d'attaquer le Temple.

Blade fronça les sourcils.

— Le temple ?

Gohr hocha la tête.

— Le Temple, c'est le Palais Impérial où séjourne Ozohr en permanence. Un des bâtiments de la Garde Impériale abrite un important stock de couteaux-tonnerre. Mais il a dû déjà y penser autant de fois qu'il y a d'astres au Royaume d'en Haut. C'est impossible.

— Pourquoi ?

L'autre releva sur lui un regard incrédule.

— Tu... tu veux dire que tu ne connais pas le Temple ?

Blade ébaucha un signe d'agacement.

— Je me tue à dire que je ne suis pas un Lucke. Pas plus que je ne suis Arbat, Korbat ou même Zohr. Je n'arrête pas de dire que je viens d'ailleurs, mais personne ne me croit.

Gohr le considérait avec effarement. Finalement, avec sa bonne logique de primate, il énonça :

— Ben... si personne ne te croit, c'est que c'est pas possible. Il faut dire que...

— Parle-moi de ce Temple, coupa Blade. Nous n'avons que peu de temps. Après, il sera trop tard.

— Le Temple est le centre du pouvoir d'Ozohr, expliqua le Korbat. Sans lui, rien ne serait pareil. Mais...

— Où se trouve-t-il ?

— Au centre de la capitale, s'étonna encore Gohr. Tout le monde sait ça. En plein milieu d'Ozohr.

— Où se trouve la capitale ?

— Ben... vers l'Empire des Nuits Claires et de l'Astre Clément.

— Ne pourrais-tu être un peu plus précis, s'irrita Blade.

L'autre secoua misérablement sa grosse tête crépue.

— Je n'y suis jamais allé. On dit que cet Empire est la région la plus belle et la plus agréable où l'on puisse vivre dans ce monde. En direction du levant. Mais Fahré sait forcément, lui. Et Hélé et son père aussi. Ils pourraient s'allier pour former une puissante armée et...

— Ça suffit, coupa encore Blade.

S'il laissait poursuivre le Korbat dans cette voie, la prochaine nuit n'y suffirait pas. Il insista, implacable :

— Donc, tu ne connais absolument rien à ce temple ?

Gohr secoua vigoureusement la tête.

— Si, si. Je t'assure. Je n'y suis jamais allé, puisque je n'ai jamais été récompensé. Mais, dans toutes les garnisons Korbat, les plans du Temple d'Ozohr figurent partout. De manière à tous nous imprégner de chaque détail, au cas où nous serions amenés à devoir le défendre. Ils appellent ça, les Consignes Sacrées.

— Bon, admit Blade. Donc tu connais les plans du Temple...

— Mais tu ne comprends rien, gémit le Korbat. Tu n'as pas compris. Tu as l'air de croire qu'il ne s'agit que d'un vulgaire palais. C'est faux. Il s'agit vraiment d'un royaume à part. D'un domaine inviolable et inviolé. Ce n'est pas un Temple. C'est LE Temple.

Blade fit signe qu'il comprenait la nuance et reprit :

— D'accord. Bon, tu connais les plans DU Temple. Est-ce que Fahré pourrait également les connaître ?

— Non !

C'était un cri du cœur.

— Impossible, ajouta Gohr. Aucun Insoumis ne s'est jamais hasardé à attaquer une caserne Korbat. A part nous, personne n'a donc pu avoir connaissance de ces plans.

— Un autre Korbat que toi aurait pu les vendre, ces plans.

— Ça m'étonnerait, aucun Korbat ne se hasarderait à encourir la peine du Bain de Feu pour ça.

— Le bain de feu ?

— Tout Korbat est prévenu que la trahison est punie de cette façon. Il s'agit de plonger le traître dans un bassin rempli de Feu Liquide. Le pire supplice jamais imaginé.

Blade se permit un rictus. Dans le domaine des supplices, les limites n'étaient pas près d'être atteintes. Mais, inutile d'entamer ce genre de polémique. Sans indulgence, il pressa :

— Mais, comme tu es un traître courageux, toi, tu vas nous dévoiler ces plans.

— C'est qui vous ?

— A Fahré et à moi.

Gohr se tut, puis il reprit :

— Je sais ce que tu penses de moi. Mais si tu étais toi-même un Korbat, tu aurais peut-être fait la même chose que moi.

— Ça m'étonnerait.

— Si ce que tu dis à propos de... de tes origines est vrai, alors, tu ne peux pas comprendre. Parce que tu ne sais pas. Tu ignores comment les Korbats ont été traités depuis l'aube des temps. Par les Arbats et par les Luckes. Tu ignores donc tout de ce que nous avons dû endurer pour simplement survivre. Parce qu'on nous estimait moins intelligents, moins courageux, et qu'on nous trouvait moins beaux, notre peuple a dû subir le mépris et le joug des autres. Aussi, quand les Zohrs sont arrivés, quand ils ont étalé leur puissance bienfaitrice en nous hissant au même rang que les autres races de ce monde, nous n'avons pas eu le choix. Pour nous, les Zohrs, c'était la liberté.

Il marqua un temps, secoua la tête et lâcha dans un souffle :

— Bien sûr, dans ton monde, ce n'est sûrement pas la même chose. Tu ne peux pas comprendre. Pour toi, comme pour tous les autres, je ne suis qu'un rat des Grands Marais.

— Arrête, grogna Blade. Dans les marais, tu as essayé d'abuser d'une femme Arbat. Et maintenant, tu vas livrer les plans du Temple pour tenter de sauver ta peau. L'éternelle rengaine de la victime qui devient légitimement enragée, je connais. Mon monde à moi en est plein. Veux-tu coopérer, ou préfères-tu te faire éventrer et remplir d'herbes de feu ?

Le Korbat se redressa, se mit à faire les cent pas à l'intérieur de la tente. Blade l'observait, comprenant qu'il était en proie à un cas de conscience. Il se dit qu'il prenait un grand risque en mettant ainsi Gohr face à ses responsabilités, mais c'était bien ainsi. Même si l'enjeu était de taille. Si, malgré sa noirceur d'âme, Gohr s'achetait soudain une conduite, il condamnait à mort Blade et Hélé. Mais Blade estimait qu'on n'avait pas le droit de lui refuser cette chance de rachat. C'était un jeu terrible, à l'issue duquel il y aurait forcément un perdant : si Gohr refusait le marché, il mourrait avec Hélé; s'il acceptait, Gohr se renierait à jamais.

— D'accord, lâcha soudain le Korbat en s'arrêtant sur place. Appelle Fahré. On va essayer de négocier.

Blade eut un petit sourire, à la fois soulagé et un peu triste. En une seconde, Gohr s'était définitivement perdu. Il acceptait de trahir les siens.

Mais ils n'étaient pas sauvés pour autant.

CHAPITRE XV

— Personne n'a jamais réussi à passer là.

Fahré avait pointé son long doigt fin sur le plan, à l'endroit où le Korbat avait tracé la Chaussée Sacrée, unique voie permettant l'accès à la Cité Impériale d'Ozohr. Entièrement ceinturée de douves, la cité devait son inviolabilité au même système de protection qui avait garanti la sécurité pour des châteaux forts médiévaux. Ce qui laissait Blade perplexe. Mais déjà, à la fois gonflé d'importance et bien onctueux de servilité, Gohr expliquait :

— En réunissant une puissante troupe et en attaquant les sentinelles de nuit, nous aurions une chance acceptable, honorable Fahré.

Le chef rebelle haussa ses minces épaules. Méprisant, il lâcha :

— Tu n'es qu'un stupide Korbat. Tu sais très bien qu'avec le tapis-tonnerre qui recouvre la Chaussée Sacrée, toute créature qui forcerait le passage serait immédiatement réduite en cendres.

Gohr opposa aussitôt un sourire obséquieux pour préciser :

— Il suffirait de déclencher l'attaque au bon moment.

Fahré sourcilla.

— Précise ta pensée.

— Par exemple, pendant le passage d'un convoi officiel sur la Chaussée Sacrée. Ainsi, le tapis-tonnerre serait neutralisé et nous pourrions arriver jusqu'à la Cité Impériale.

L'argument parut faire réfléchir l'Insoumis. Finalement, il se tourna vers Blade.

— Qu'en penses-tu, Richard Blade ?

C'était la première fois qu'il requerrait son opinion. Et, pour la première fois aussi, il avait changé de ton à son égard. Sans doute pour bien marquer la différence entre le traître Korbat et lui. Mais Blade n'avait que faire de ces détails. Il songeait à Hélé et au tourment de la détention qu'elle endurait toujours. Il demanda :

— Peux-tu m'expliquer le principe du tapis-tonnerre ?

— C'est le même que celui des couteaux-tonnerre. Une force invisible qui foudroie et réduit en cendres quiconque la reçoit. Pour le tapis-tonnerre qui défend l'accès à la Cité Impériale, il suffit de poser les pieds dessus ou simplement de passer entre ses rayons invisibles pour disparaître instantanément.

Blade fit la moue. Il s'agissait sûrement d'un faisceau de rayons laser, ou simplement un fort courant électrique. Ce qui semblait étrange au regard de l'armement et de la technologie sommaire des Arbats, mais qui correspondait avec le système du grillage feu-tonnerre des sinistres marais. Ce monde semblait décidément plein de contrastes. La science, le pouvoir et donc la force, du côté Zohr, la soumission et l'obscurantisme pour tous les autres peuples. L'Histoire Universelle ne faisait que se répéter. Blade secoua la tête, questionna le Korbat :

— Sais-tu d'où et comment est commandée la force du tapis-tonnerre ?

— Oui. Le poste de garde de la Chaussée Sacrée se trouve à l'entrée de la Cité Impériale. A l'intérieur.

— C'est-à-dire, dans l'île.

Gohr acquiesça et Blade réfléchit un moment, examinant le plan du Korbat. Le fossé d'eau qui cernait la Cité Impériale semblait, à l'échelle, ne mesurer qu'une trentaine de mètres de large.

— Maintenant, dit-il enfin, j'aimerais savoir pourquoi Korbats, Arbats et peut-être aussi les Luckes semblent avoir une telle terreur de l'eau.

Gohr et Fahré le regardèrent comme s'il était devenu fou. Incrédule, le chef Insoumis demanda enfin :

— C'est donc vrai, Richard Blade ? Tu ne sais pas que l'eau est mortelle ?

Une théorie qui aurait réjoui le premier ivrogne venu. Mais Blade n'avait pas envie de sourire. Il s'était douté d'un problème comme celui-là. Notamment devant le grillage-tonnerre des marais, lorsque Hélé avait été surprise par ses questions. Il demanda encore :

— Pourquoi l'eau est-elle mortelle ?

Complètement ahuri, le Korbat avait la bouche

ouverte de saisissement. Désormais, Blade était devenu pour lui un « extra-terrestre ». De son côté, Fahré semblait se ressaisir. Pourtant, dans son étrange regard bridé, luisait encore une étincelle de soupçon. Mais il se souvenait de leur précédente conversation au cours de laquelle, déjà, Blade avait fait plusieurs allusions à propos d'une certaine différence physiologique entre ceux de ce monde et lui-même. L'Insoumis répondit :

— A part les peshs, aucune créature de cet empire ne peut séjourner dans l'eau plus d'un arc d'astre. A cause de la composition de notre peau et de par sa fonction respiratoire, nous sommes condamnés à demeurer dans l'élément impalpable. Faute de quoi, c'est la mort. Non seulement par asphyxie, mais également parce que notre peau se déchire et se dissout dans tout élément liquide. Ainsi, nos chairs se désagrègent et l'Infini Sommeil survient dans des souffrances atroces.

— Peux-tu me préciser ce que signifie un arc d'astre ? demanda Blade.

Toujours incrédule et suspicieux, l'Arbat Insoumis questionna à son tour :

— Ainsi, tu ignores donc vraiment cela ?

— Vraiment.

Fahré hocha la tête, réfléchit et finit par déclarer :

— La course de notre astre de Lumière dans l'Infini est divisée en un certain nombre d'arcs. Un de ces arcs correspond environ au temps qu'il faut pour rougir le fer de la flèche à la flamme.

Blade calcula que cela représentait environ

deux minutes. C'était extrêmement court. Dans le doute, il insista :

— Et la mort intervient en si peu de temps ?

Pour toute réponse, l'Insoumis hocha la tête, puis il ajouta :

— Nos savants ont essayé nombre de leurs inventions pour tenter d'y remédier. Mais aucune de leurs protections artificielles ne s'est montrée efficace. Simple différence, nos cobayes étouffaient dans leurs enveloppes. Qu'il s'agisse des Arbats, des Luckes ou des Korbats, nos peaux ne résistent pas aux liquides. Et de toutes les mémoires, il en a toujours été ainsi.

L'air de dire, « tu n'y changeras rien ».

Blade ne pouvait prétendre le contraire. D'ailleurs, ce n'était pas là ce qui le préoccupait. Pour le moment, il était coincé dans un univers étrange où quatre races s'affrontaient, pour cause d'incommunicabilité et dans un rapport de forces totalement déséquilibré. Et il se demandait bien quelle solution apporter à ces peuples en guerre depuis des milliards d'arcs d'astre. En effet, voler des armes aux uns pour le compte des autres ne faisait jamais qu'inverser le problème. En l'empirant. Car le nouveau puissant se dépêchait d'assouvir sa vengeance et de fortifier son pouvoir tout neuf. Encore une loi universelle. Alors, penché sur le plan de la Cité Impériale qu'il ne voyait même plus, Blade réfléchissait. Mais rien n'était encore vraiment très clair dans sa tête. Soudain, impatient, Fahré l'apostropha :

— Tu m'as fait venir pour me proposer un marché, Richard Blade. Or, jusqu'à présent, ni le

Korbat ni toi ne m'avez convaincu. Si tu as une proposition à me faire, parle maintenant. Sinon, les gardes vont remettre le Korbat aux fers et, demain, nous procéderons à vos sacrifices. Ainsi, peut-être, puisque le vieil Abékhar préfère stupidement perdre sa fille aînée, le Grand Constructeur daignera-t-il enfin nous honorer de son aide éclairée.

Gohr s'était précipitamment reculé dans la zone la plus sombre de la tente, déjà paniqué à l'idée de se voir farci aux herbes de feu. Convaincu du bluff de Gohr, Blade n'avait plus grand-chose à proposer. Il hasarda pourtant :

— Je peux peut-être tenter quelque chose pour vous venir en aide, Fahré. Je veux dire, pour vous venir en aide, à tous. Toutes les communautés de ce monde.

— Comment cela ?

De nouveau, l'éclair d'impatience et de soupçons fulgurait dans les yeux de l'Insoumis. Blade proposa :

— Renvoie le Korbat. Nous devons parler.

Fahré haussa un sourcil hautain. On ne devait pas souvent lui parler aussi familièrement. Mais, devant l'air décidé de Blade, il cria un ordre et les deux gardes vinrent prendre livraison de Gohr. Au passage, Blade l'attrapa par un bras, le fit pivoter, face à lui. Il planta ses yeux dans les siens et gronda :

— Tu fais serment d'avoir dévoilé tout ce que tu sais ?

— Oui... oui !

Le traître en pleurait presque. Blade insista :

— Le secret du tapis-tonnerre se trouve bien où tu l'as dit ?

— Oui !

— Les couteaux-tonnerre sont bien stockés à l'endroit que tu nous as décrit ?

Le Korbat hochait la tête, de plus en plus affolé. Il dépassait Blade d'une bonne tête et devait bien peser trente kilos de plus, mais il semblait éprouver une sainte panique devant sa volonté et la manière dont il dirigeait les événements, face au cruel Fahré. D'ailleurs, Blade se retournait vers le chef Insoumis pour demander :

— Fahré, me donneras-tu la vie de ce Korbat s'il est prouvé qu'il a menti ?

Hésitation interloquée de l'Arbat qui, désarçonné, ne put que répondre :

— Si ce thor nous a menti, c'est toi qui l'éventreras pour emplir son ventre d'herbes de feu.

Blade chassa Gohr et sourit intérieurement. Fahré avait dit, « si ce thor NOUS a menti ». Implicitement, il avait désolidarisé Blade du Korbat pour le placer dans son propre camp. Le résultat dépassait toutes les espérances de Blade. Encore fallait-il être digne de cette nouvelle confiance. Faisant de nouveau face à Fahré, Blade dévoila ses cartes. il révéla les secrets de son transfert dans l'empire d'Ozohr, expliqua la particularité de peau qui le différenciait des communautés locales et acheva son récit par le plan qu'il comptait appliquer, en précisant :

— Ainsi, chacun de vous tous pourra décider s'il préfère suivre son destin selon le Grand

Géomètre ou, au contraire, jouir des effets prolongateurs de la Sublime Essence de Vie. Je veux dire que les Arbats, les Korbats, les Luckes et même les Zohrs seront sur le même pied d'égalité. Si tu acceptes mon aide, ajouta Blade sur un ton sans réplique, tu devras aussi admettre l'égalité pour tous et ne plus te comporter en rebelle, ni en chef absolu. Tu participeras à l'élection d'un Conseil des Sages que tu reconnaîtras comme un gouvernement légitime.

Un nouvel éclair de colère s'était soudain allumé dans l'étrange regard de Fahré. Mais, au lieu de se cabrer, il s'assit dans le fauteuil avec des lenteurs ostentatoires. Là, laissant peser son regard subitement ironique sur Blade, il déclara :

— Tu prétends pouvoir traverser l'Anneau d'Eau Sacrée qui protège la Cité Impériale en te déplaçant en ses profondeurs ?

— Je crois pouvoir faire cela.

— Comme les peshs, n'est-ce pas ?

Blade avait compris que le mot peshs désignait les poissons et tous autres animaux aquatiques et marins. Il acquiesça :

— Comme les peshs.

Le chef Insoumis hocha calmement sa tête aux cheveux soyeux, tapota son fin menton pointu d'un air songeur, avant de se tourner vers la tenture qui tenait lieu de porte. Il lança un ordre, fit apparaître un garde et lui intima, étrangement moqueur :

— Fais apporter ici un baquet d'Eau Sacrée de la Cité Impériale. Vite.

Puis, adressant un geste apaisant à Blade, il le

dévisagea de son étrange regard glacé où brillait maintenant une flamme cruelle. Visiblement, il ne croyait pas aux « pouvoirs » aquatiques de Blade et souhaitait le confondre sur-le-champ. Quand, un moment plus tard, deux soldats arrivèrent, transportant une sorte de tub en matière translucide, Blade ressentit un curieux malaise. Avant de le faire éventrer, Fahré avait sans doute décidé de l'ébouillanter.

Car, dans le baquet, l'Eau Sacrée de la Cité Impériale bouillonnait furieusement.

Le chef Insoumis, un instant déconcerté par les pouvoirs extraordinaires que Blade prétendait posséder, avait maintenant retrouvé toute sa morgue. Aussi est-ce d'une voix impérative et sèche, que désignant le grand récipient, il ordonna :

— Montre-moi, Richard Blade. Montre-moi comment ta peau *différente* va résister à l'Eau Sacrée.

Une odeur affreusement urticante emplissait à présent la tente. Les émanations corrosives brûlaient déjà les sinus et les bronches de Blade. Soudain, il comprit. Et, alors que les soldats l'encadraient pour le pousser vers le baquet, il les écarta rudement :

— Qu'est-ce que ça signifie ? lança-t-il à Fahré d'une voix qu'il s'efforçait de maintenir ferme et calme. Tu te moques de moi. Ceci n'est pas de l'eau.

L'Insoumis secoua la tête. D'une voix dangereusement douce, il répondit :

— Faux, Richard Blade. Ceci est bien de l'Eau Sacrée de la Cité Impériale.

Blade fit deux pas en avant, poussé dans le dos par les cerbères. Parvenu au baquet, il se pencha, vit comme de la fumée qui s'élevait du liquide. Avec de petits bruits mouillés écœurants, de grosses bulles grasses en crevaient la surface. Blade toussa et eut un mouvement de recul. A cet instant, Fahré lança un ordre. Un des soldats ramassa l'écuelle de fer qui servait aux repas de Blade et la laissa tomber dans le baquet. Cela provoqua une sorte de chuintement et, d'un coup, l'ustensile se mit à bouillonner à son tour, dégageant un regain de vapeurs nocives. Fahré se redressa, toisa son prisonnier avec arrogance pour lancer, glacial :

— Maintenant, Richard Blade, prouve-moi tes prétendus pouvoirs. Plonge ton corps dans ce baquet.

Blade était atterré. Car l'Eau Sacrée de la Cité Impériale portait un nom qu'il connaissait :

Vitriol !

CHAPITRE XVI

La chaleur était épouvantable. La terre presque blanche et caillouteuse semblait incandescente et, dans sa nouvelle peau toute neuve et trop fragile, Blade avait l'impression de rôtir. Dans le ciel blême, l'astre du jour criblait cet univers désolé aux lointaines montagnes arides de ses implacables rayons verdâtres et, devant Blade, l'immensité étale et aveuglante du lac se perdait dans une épaisse brume de chaleur. Un paysage lunaire, dont l'aspect angoissant était renforcé par la présence immobile d'une centaine d'Insoumis. Les hommes de Fahré. Ce dernier, face à Blade, le fixait de ses yeux que la réverbération avait réduits à l'état de deux fentes obliques.

— Ton esprit a été frappé par la Force-Tonnerre, Richard Blade, lança-t-il d'une voix que le vent sec emporta aussitôt. Qui que tu sois, d'où que tu prétendes venir, tu n'y arriveras pas. Pas une seule créature du Grand Constructeur ne le pourrait. D'ailleurs, tu n'as même pas été capable d'y plonger une main. Comment donc t'aurait-il été possible de traverser l'anneau d'Eau Sacrée ?

Bien entendu, Blade avait courtoisement décliné l'invitation de Fahré à se plonger dans le récipient d'acide et tenté une nouvelle fois de lui faire comprendre son plan pour attaquer la Cité Impériale. Mais, pour l'Insoumis, tout cela n'était que du bluff. Considérant tour à tour Blade et le baquet bouillonnant, son expression à la fois hautaine et moqueuse avait soudain fait place à celle de la colère. Visiblement, il souhaitait en finir au plus vite et retourner à des affaires plus sérieuses. Comme, par exemple, soumettre le Korbat à de nouvelles tortures pour lui faire avouer où était caché le reste de son commando. Mais Blade avait insisté. Fait valoir que ce baquet trop petit ne lui permettait pas de repousser l'acide le temps nécessaire à son immersion, qu'en dessous de ce qu'il appelait le vitriol, l'eau était pure et non dangereuse pour lui. Alors, rendu fou de rage qu'on osât lui résister, le chef des Insoumis avait appelé ses soldats pour le faire mettre aux fers. Résultat, trois blessés sérieux du côté des Arbats, et quelques contusions dans la nouvelle peau de Blade, avant qu'on ne l'embarque pour une promenade d'une heure ou deux à dos de « licorne ».

Maintenant, c'était l'enfer. Ce lac ressemblait furieusement à la mer Morte... avec de l'eau encore plus chaude. Restait à vérifier si elle était aussi salée.

Il allait le savoir.

L'Insoumis fixait toujours sur lui son étrange

regard. Il s'approcha de quelques pas, l'observa avec une cruelle ironie, avant de lancer :

— Puisque tu persistes dans le mensonge, Richard Blade, tu vas payer l'offense que tu me fais en te moquant de moi et de mes Insoumis. Tous te regardent. A toi maintenant d'apporter la preuve de tes dires. Ou de mourir.

Il fit un geste vers ses hommes.

— Gardes !

— Inutile, l'arrêta Blade. Je peux entrer dans cette eau tout seul.

Mais avant qu'il n'ait pu réagir, une meute d'hommes armés l'entourait, menaçante. Un nouveau sourire cruel étira les lèvres blanches de l'Insoumis qui déclara :

— Tu n'entreras pas dans l'eau ici, Richard Blade. Les berges sont d'une pente trop douce. Or, pas question pour toi d'essayer de sortir de ce lac. Tu m'as défié, tu mourras donc dans cette eau que tu prétends domestiquer.

Il n'avait jamais cru aux affirmations de Blade. Sur un autre signe, quatre Insoumis vinrent déposer un large canot en bois sur la rive et le poussèrent à l'eau. Trois d'entre eux y embarquèrent et Blade fut contraint de les suivre.

— Prends les rames, Richard Blade, ordonna alors Fahré. Quand mes hommes jugeront être assez loin du rivage, tu devras sauter à l'eau.

— Sinon ? défia Blade.

— Sinon, ils ont l'ordre de te tuer.

Blade évalua ses chances. Aucune. Les Insoumis étaient trop bien armés. A la limite, il ne pourrait que les entraîner avec lui dans le lac.

Piètre consolation. Avec un soupir, il sauta dans le canot et il empoigna les rames en fixant le miroir du lac. Déjà, dans son esprit, un plan venait de surgir. Un plan dément, terriblement risqué, mais qui aurait au moins le mérite de lui redonner enfin l'initiative des opérations. S'il survivait.

Mais cela, il ne pourrait le savoir qu'au milieu du lac. Quand il aurait vérifié un certain détail.

— Bon voyage au royaume du Grand Constructeur, Richard Blade ! ironisa Fahré dans son dos. Si tu en reviens, c'est que tu es réellement Son envoyé. Dans ce cas, n'hésite pas à venir me tirer les cheveux, acheva-t-il, provoquant un éclat de rire général dans sa troupe.

Blade ne répondit rien. Il ne lui restait plus qu'à ramer.

Dans la bonne direction.

***

— Où est-ce que tu vas, sale Lucke ?

Les Insoumis de la base restaient visiblement persuadés que Blade était un transfuge de l'Empire du Milieu. Mais au fond, c'était aussi bien comme ça. Cela les rendrait beaucoup moins méfiants pour la suite du programme. En longs mouvements réguliers, Blade continuait à ramer. Sans perdre de vue la zone du lac où il avait cru apercevoir une ligne de roseaux. Mais, à mesure qu'il approchait, la brume de chaleur s'épaisissait et l'endroit localisé se fondait dans la masse blanchâtre. Si, au bout du compte, il s'était trompé, ce serait trop tard. Compte tenu de la distance, il n'aurait pas le souffle de regagner la terre en plongée. Or, il en était sûr, refaire surface équivaudrait à la mort. Les trois Insoumis faisaient partie de la garde personnelle de Fahré. Ses âmes damnées. Et, juste avant son premier coup de rames, Blade avait surpris le signe discret de leur maître. Il était condamné. Le chef des Insoumis ne pouvait se permettre de perdre la face. Il s'était engagé vis-à-vis de ses hommes. Réapparaissant, Blade serait à leurs yeux le héros absolu. Celui qui aurait résisté à la voracité de l'Eau Sacrée, celui dont les pouvoirs seraient donc supérieurs à ceux de leur chef.

— Où est-ce que tu nous emmènes ? répéta celui qui commandait le groupe. Ici, c'est bien assez loin pour noyer un Lucke.

Les deux autres rirent en chœur. Un rire hésitant. En réalité, ils n'étaient pas plus rassurés que ça. Si ce diable de Lucke qui semblait être une force de la nature décidait de les faire chavirer, ils étaient tous fichus. Lui aussi, mais ce serait une piètre... et courte satisfaction. Blade secoua la tête, apparemment buté.

— Non, dit-il, ostensiblement essoufflé. Je veux prouver jusqu'au bout ma bonne foi et mon pouvoir. Le plus loin sera le mieux.

Ce qu'il voulait surtout, c'était s'approcher au plus près de cette mince ligne de végétation rachitique qui semblait subsister dans l'eau trop chaude. Et surtout, vérifier le *détail* qu'il avait cru apercevoir de la rive. S'il s'était trompé, c'en était fait de lui, il mourrait.

— On est assez loin, répéta le même soldat. Tu dois sauter. Maintenant.

Blade leva la tête, vit la face contractée du garde et comprit. Comme ses compagnons, il commençait à avoir peur. S'il prenait à Blade l'envie de se battre, la barque risquait de chavirer. Mais Blade n'avait pas envie de cela. Tuer les gardes n'aurait pas résolu le problème. De la rive, les autres verraient tout et ils n'auraient qu'à l'attendre. Alors, tout pourrait arriver.

— Ça suffit, s'énerva soudain le soldat en piquant son fer de lance dans la nuque de Blade. Saute !

Malgré la terrible chaleur, il sentit une coulée de sueur glacée sinuer le long de son dos. La ligne de plantes aquatiques se trouvait encore à plus de deux cents mètres. S'il plongeait maintenant et se mettait à nager, les Insoumis pouvaient aussi bien le larder de coups de lance. Il ignorait quels ordres Fahré leur avait donnés.

— Saute !

Blade n'aurait pas suffisamment de souffle pour parcourir cette distance en plongée.

— Thor de Lucke !

Blade faillit crier. Le fer de lance venait de s'enfoncer dans sa nuque. Si profondément qu'il perçut dans sa chair le bruit désagréable que fit le métal contre l'os d'une vertèbre. Ils avaient trop peur. Ils allaient le tuer. Maintenant. De la rive, Fahré ne verrait rien. Alors, lâchant les rames, Blade se leva, faisant dangereusement osciller l'embarcation. Fous de peur, les Insoumis faillirent le transpercer de leurs lances.

— Saute !

Blade comprit qu'il ne pourrait plus gagner une seconde. Ni un mètre. Il s'avança sur le plat-bord avant, fit une dernière fois face au chef du petit groupe pour questionner calmement :

— Quel est ton nom, Insoumis ?

Sans doute pressé d'en finir, l'autre aboya :

— Lakhramé. Maintenant, saute !

Il en devenait hystérique. Blade hocha la tête, lança :

— Je garderai ton nom en mémoire, Lakhramé.

Et il plongea.

Dans un jaillissement liquide, il s'enfonça dans l'eau, heurta bientôt le fond de ses deux mains. Un fond vaseux et chaud. Blade eut l'impression de s'être jeté dans un bouillon de pot-au-feu. Sa peau « décapée », fragile, cuisait douloureusement sous les effets conjugués de la chaleur et du sel. Car l'eau de ce maudit lac était salée. Trop salée. Aucune végétation ne pouvait se développer dans de telles conditions. Il avait dû se tromper. Ouvrant les yeux pour tenter de repérer la ligne végétale et les referma aussitôt. C'était à hurler. Ses paupières, ses prunelles étaient déjà en feu. Et il n'avait rien vu. L'eau était trop vaseuse. Il nagea encore, jusqu'au bout de son souffle, avant de se décider à remonter. En crevant la surface, il ressentit presque une impression de froid. Pourtant, la température extérieure devait avoisiner les cinquante degrés centigrades. Des rires excités l'accueillirent et il rouvrit les yeux pour voir la barque foncer vers lui. A son bord, les trois Insoumis brandissaient leurs lances, fers dirigés vers lui. Dans le regard en fente de Lakhramé, il voyait luire un feu de haine. Blade comprit qu'ils ne le lâcheraient plus. Pas avant qu'il ne soit mort. Ils avaient eu trop peur, ils allaient le lui faire payer.

Le plus cher possible.

— Alors, thor de Lucke! Tu ne fonds pas encore ?

Ils riaient trop fort. Comme pour essayer d'apaiser leur doute. Au-dessus de Blade, leurs lances décrivaient de dangereux moulinets. Un des fers vint méchamment piquer sa joue et un mince filet de sang coula dans l'eau. Blade avait envie de vomir. Trop de chaleur, trop de sel. Pourtant, conservant son self-control, il louchait du côté de la ligne de plantes aquatiques, s'en approchant sournoisement dans une brasse coulée volontairement maladroite. Il fallait donner le change. Forcément, les Insoumis ne savaient pas nager. S'ils s'apercevaient qu'il pouvait ainsi « ramper » sur l'eau, ils le tueraient sans doute.

La peur était mauvaise conseillère.

— Vas-y débats-toi, sale Lucke, lança encore le chef des gardes, en explosant d'un rire cynique. Montre-nous de quoi est faite la peau d'un envoyé du Grand Constructeur!

Puisque ce sadique voulait maintenant jouer, Blade allait en profiter. Faisant semblant de se débattre, toussant, crachant et gesticulant, il réduisait insensiblement la distance qui le séparait des touffes grisâtres. Coulant parfois, remontant, évitant tant bien que mal le fer des lances, il parcourut ainsi plus de la moitié du chemin. Mais à cet instant, sans doute lassé du jeu, Lakhramé fit activer son rameur. Blade vit alors son bras se détendre avec force et la lance meurtrière fondit sur lui.

D'un formidable réflexe, il fit pivoter sa tête, lança son bras gauche sur le côté, tandis que le droit fulgurait vers l'eau, dans un puissant mouvement crawlé. Ce mouvement lui sauva la vie. Lancée avec cette force, l'arme lui aurait traversé le cou. Au lieu de cela, elle s'enfonça loin devant lui, avec un petit « floc » ridicule. Rendu fou de rage, Lakhramé arracha alors la lance de son voisin. Il l'éleva dans un geste coulé de professionnel, émit un « han » de bûcheron et balança le bras.

Blade plongea.

Il entendit un son étrange, tout près de lui, battit vigoureusement l'eau, se retrouva au fond du lac et, malgré le sel, ouvrit de nouveau les yeux. Très loin, il perçut des sons glauques, ne chercha pas à comprendre. Il cherchait à se repérer. Juste avant de plonger, il avait localisé la ligne végétale et estimé sa distance. Moins de cinquante mètres. Moins essoufflé, il aurait pu la couvrir d'une seule traite. Mais, dans ces conditions, il devrait sans doute émerger au moins une fois. A condition qu'il ne se trompe pas de direction.

Alors, il nagea.

Le plus loin, le plus longtemps possible. Dans cette eau boueuse, il avait une chance. A moins de suivre les bulles, les autres devaient avoir du mal à le repérer. Il émergerait au dernier moment. Le temps d'une puissante inspiration et d'un ultime repérage. Il résista jusqu'au bout. Lorsque ses poumons furent sur le point d'éclater, il se laissa aller au fond, rencontra un sol tapissé d'algues et comprit qu'il avait presque gagné. Prenant appui des deux pieds, il réunit ses dernières forces et, lançant le corps vers le haut, se propulsa dans un ultime sursaut. Il fila comme une flèche et, soudain, avec une soudaineté inouïe, il fut stoppé en pleine course.

Le cou pris dans un lasso.

Sa nuque craqua. La surprise et la douleur lui firent ouvrir la bouche sur un cri muet. Il avala de l'eau salée, cracha, but de nouveau. Autour de son cou, ses doigts s'activaient à desserrer l'étau. En vain. Ce n'étaient pourtant que des algues. De simples végétaux qui, au lieu de le sauver comme il l'avait espéré, étaient en train de le tuer. Il tourna sur lui-même, lança ses bras au hasard, accrocha d'autres algues, quelques tiges plus dures et se dit qu'il avait réussi à nager jusqu'à la ligne herbeuse où il avait escompté trouver des roseaux creux. Mais ce genre de miracle n'arrivait que dans les livres ou au cinéma. Cette fois, il n'en sortirait pas. Des cloches sonnaient sous son crâne, son sang battait à ses tempes, ses poumons menaçaient d'exploser et, déjà, ses mouvements devenaient mous et imprécis. Il étouffait. Il mourait.

CHAPITRE XVII

Les affreux hurlements du début n'étaient plus maintenant que de vagues gémissements. Gohr n'en pouvait plus. Son corps tout entier n'était qu'une plaie et sa souffrance n'avait plus de limites. Des centaines de fois, les lames enduites d'essences d'herbes de feu avaient fendu sa peau et répandu le terrible poison dans sa chair. Et depuis la tombée de la nuit, depuis le moment où Fahré avait enfin acquis la certitude qu'il ne mentait pas, son corps écartelé sur la grosse croix fichée en terre achevait d'agoniser. La nuit était claire et glaciale et, entre ses paupières gonflées par les larmes de douleur, Gohr pouvait voir les dernières braises des feux de camp mourir aux pieds des sentinelles qui gardaient le campement. Au loin, une licorne fit entendre son cri plaintif, aussitôt imitée par une meute de thors invisibles. Dans les derniers sursauts de son esprit obscurci par les tortures, le Korbat regrettait amèrement la disparition de Blade. Au moins, avec lui, il y avait toujours eu moyen de s'arranger. Contrairement aux Insoumis, qui, eux, voulaient absolument sa peau.

— Alors, Korbat. Pas encore mort ?

Gohr n'avait pas entendu venir le garde. Toutes ses facultés s'oblitéraient. Ivre de rage et de souffrance, il serra les dents sans répondre. Mais l'autre ne semblait pas satisfait. Il leva sa lance et, de la pointe du fer, se mit à fouiller les plaies en feu. Le hurlement que poussa alors le Korbat prouva qu'il était loin d'être mort. Avec une grimace dégoûtée, le garde Insoumis se détourna. Si Fahré se réveillait à cause de ses petits caprices de sadique, il allait passer un mauvais quart d'heure. Mais la nuit était froide, les feux mouraient et la sentinelle avait besoin de se dégourdir les jambes. L'Insoumis s'éloigna du camp, humant l'air sauvage de la nuit en contemplant là-haut le scintillement des myriades d'elfs qui criblaient la nuit. Les Insoumis n'étaient pas forcément des ennemis de la poésie. Et, comme un poète, le garde ne put résister au plaisir de profiter de l'ambiance exquise pour soulager un besoin pressant. Il ficha sa lance en terre, se planta face au désert et, le nez dans les étoiles, sacrifia au rite de la nature. Mais, alors qu'il allait ensuite reprendre sa lance, il perçut un glissement derrière lui et voulut se retourner.

Il n'en eut pas le temps. Terriblement pointu, le fer de sa lance venait de s'enfoncer sous son menton.

— Pas crier, souffla une voix dans son dos.

Dans le même temps, la dague qui pendait à sa ceinture changea prestement de propriétaire. Tétanisé, le garde n'y comprenait rien. Cette voix, il la reconnaissait pour l'avoir déjà entendue. C'était celle de ce Blade. Mais il était mort. Dissous dans le Grand Œil Salé du Désert. Il le savait. Tout le monde le savait. La garde personnelle de Fahré y avait veillé et en avait fait le compte rendu à son retour.

— Indique-moi la tente de Lakhramé, ordonna Blade. Vite. Si tu donnes l'alerte, je te tue.

Plus maniable que la lance, la longue dague avait pris le relais sous son menton. D'une simple pression de bas en haut, la lame traverserait la bouche, les sinus et la cervelle. Or, bien que Résistant, le garde n'était pas un héros aveugle. Il comprit immédiatement que Blade n'était pas mort et qu'il n'hésiterait pas à le tuer. Prenant garde de ne pas bouger la tête, il souffla :

— Oui. Je vais te... montrer...

— Avance, coupa Blade.

Il poussa le soldat en avant, lui faisant décrire un large détour afin d'éviter les autres sentinelles. Courbatu, souffrant encore de brûlures aux yeux et toute la peau enflammée, il ne souhaitait pas trop se retrouver avec toute l'armée de Fahré sur le dos. D'ailleurs, tout son plan reposait sur la discrétion et la rapidité d'action. Ils parcoururent ainsi une assez longue distance sur le flanc caillouteux des montagnes qui cernaient le camp, se retrouvèrent en face de leur point de départ. Au loin, des thors poussaient leurs cris sinistres et un petit vent sec et froid chuintait sa plainte dans les montagnes. Mais, en contrebas, le camp demeurait calme. Seules, quelques torches piquées çà et là éclairaient la cuvette naturelle de leurs lueurs dansantes. Au centre du campement composé d'une douzaine de grandes tentes rectangulaires et sombres, un grand vélum plus clair abritait le QG de Fahré. Flanqué à droite et à gauche de deux autres tentes rondes, plus petites. Celle de sa garde personnelle et celle de Lakhramé. Du moins, ce furent les explications du prisonnier de Blade.

— Tu ne pourras rien contre Lakhramé, prévint ce dernier, revenu de son saisissement. Ni contre Fahré. Sa tente est toujours gardée par six hommes.

A la lueur des torches, Blade pouvait apercevoir quatre silhouettes armées réparties autour du marabout. Quatre seulement.

— Il y en a deux à l'intérieur, renseigna encore le prisonnier. Ils veillent entre la portière et l'espace de repos du chef. C'est la coutume. Quiconque forcerait l'entrée sans avoir demandé audience serait massacré sur place. D'ailleurs, il te serait même impossible d'arriver jusqu'à sa tente. Le camp est bien gardé et les rondes sont fréquentes.

— Fahré dort-il seul ?

L'autre hésita et Blade dut l'agacer de la pointe de sa dague pour le faire poursuivre :

— Parfois oui, parfois non.

Se pouvait-il que l'Insoumis eût des origines normandes ? Blade insista :

— Et la femme. Hélé. Où est-elle ?

— Enchaînée sous la tente de Fahré. Elle menaçait de se tuer.

La jeune Arbat était décidément une nature. Blade en savait maintenant assez. Et puis, nu depuis son bain forcé dans le lac, il s'était certes réchauffé à la course dans le désert, mais à présent il grelottait franchement. Il était temps de s'habiller.

— Merci des renseignements, souffla-t-il.

Puis, d'un mouvement fulgurant, il frappa l'Insoumis à la nuque. Un atémi du tranchant de la main, qui l'étendit net. Deux minutes plus tard, revêtu de l'uniforme en grosse toile couleur désert, il se pencha sur le garde assommé pour lui arracher deux grosses poignées de ses longs cheveux. Il les coinça sous les bords du casque en cuir, boucla la jugulaire, chaussa enfin ses pieds en sang avec les guêtres du garde et se redressa. Elles étaient un peu petites, mais il comptait bien en changer assez vite. Pour le reste, de jour, il n'aurait trompé personne. Mais de nuit, il avait une chance.

Comme sa victime l'avait fait un instant plus tôt, il huma l'air nocturne, laissa longuement planer son regard sur le camp en contrebas, puis il empoigna résolument la lance.

A cet instant, un cri de femme transperça la nuit.

Hélé ! Blade aurait pu le jurer.

*
**

Hélé luttait furieusement. Renversée sur la large couche de fourrures blanches, elle se débattait, farouche et silencieuse. Elle n'avait crié qu'une fois. Une fois de trop. Cela n'avait fait qu'empirer les choses. Sur elle, Fahré soufflait et grognait comme un thor enragé. Soudain, malgré les liens qui l'attachaient au poteau de soutien, elle parvint à planter ses ongles dans les pommettes de l'Insoumis. Celui-ci grogna, insista et lâcha un juron. Du sang commençait à couler de son visage laiteux.

— Par les Grands Marais, grogna-t-il, tu seras à moi. Autant de fois que je le voudrai. Jusqu'à ce que ton stupide père comprenne qu'il doit céder.

— Non !

Hélé lui avait craché au visage. Et ses ongles étaient à présent si enfoncés dans sa chair qu'il était obligé de rejeter la tête en arrière. Il agrippa soudain la combinaison d'Hélé et, d'un coup sec, la déchira sur toute sa hauteur, découvrant deux seins menus, aux larges aréoles d'un bleu si sombre qu'il en paraissait noir et, plus bas, un triangle de soie bouclée et translucide. Déjà, les longs doigts fins de l'Insoumis caressaient, s'insinuaient, prenaient possession. Folle de rage, Hélé arracha un lambeau de joue à son agresseur. Puis, envoyant de nouveau ses ongles en avant, elle visa les yeux.

— Maître ?

D'abord, ni Hélé ni Fahré ne semblèrent avoir entendu. Mais, au deuxième appel, le chef des Insoumis s'arracha brutalement aux griffes de la jeune femme pour hurler à la cantonade :

— J'ai ordonné qu'on ne me dérange pas !

— C'est... c'est Lakhramé, Maître. Je demande... audience.

— Quoi ?

Fahré explosait littéralement. Derrière la tenture, la voix reprit, respectueuse :

— Pardon, Maître, mais...

— Désolé, Fahré. C'est urgent.

Cette fois, la voix était tout près. Juste derrière Fahré. Et ce n'était plus celle de Lakhramé. Fahré fit un bond qui le jeta hors de la couche, mais, aussitôt, une poigne terrible lui serra le cou à l'étouffer. Simultanément, l'acier froid d'une lame s'appliqua sur sa gorge. Au passage, Hélé lui décocha un furieux coup de pied dans le ventre. Souffle coupé, regard dilaté d'horreur, il crut devenir fou.

Richard Blade ! Vivant ! Là, contre lui, sous sa propre tente !

Et ce traître de Lakhramé ! Etendu sur le sol. Inanimé !

Tout allait trop vite. Le chef des Insoumis sentait son esprit vaciller. Il avait vu ce Blade partir sur l'eau sous escorte de sa garde personnelle. L'embarcation était revenue sans lui. Lakhramé avait assuré que Blade était bel et bien mort, et voilà qu'il réapparaissait.

Non ! Ce n'était pas Blade, mais son esprit ! Et on ne pouvait tuer l'esprit d'un mort.

— Surpris, Fahré ?

— Tue-le ! gronda Hélé en tirant désespérément sur ses liens. Ouvre-lui les entrailles et remplis-les d'herbes de feu. Je veillerai moi-même à ce qu'il ne meure pas trop vite.

Charmante nature. Blade avait déjà eu l'occasion de s'en apercevoir. Précisément à propos de la vie de Gohr. D'un regard, il lui intima le silence en précisant :

— Tu vas donner l'alerte. Tu ferais mieux de te couvrir, les nuits sont fraîches.

Il désignait son ventre nu. La jeune Arbat rua dans ses liens en feulant :

— Détache-moi. Que je le tue.

— Ça suffit !

Blade avait donné à sa voix un ton cinglant qui calma instantanément Hélé. Puis réalisant subitement le caractère insolite de sa présence, elle souffla, sidérée :

— Mais alors, c'est vrai ! Tu es un être venu d'ailleurs !

Blade s'était tué à le répéter. Il éluda, faisant faire volte-face à Fahré :

— Comme tu le vois, je ne suis pas mort.

Soudain, le chef Insoumis semblait anéanti. Au point que Blade put le lâcher sans crainte. Fahré recula lentement jusqu'à un siège couvert de coussins où, sans cesser de fixer Blade de son regard hébété, il se laissa tomber.

— Ainsi, parvint-il enfin à dire d'une voix éteinte, tu es bien l'Envoyé ! L'Envoyé du Grand Géomètre ! Le seul Etre capable de revenir du Royaume des Ténèbres ?

L'Insoumis semblait soudain inoffensif. Comme si un mystérieux ressort s'était brisé en lui. Blade secoua la tête et résuma :

— Quand Lakhramé et ses hommes ont quitté l'endroit du lac où j'avais coulé, j'étais aux portes du néant. Un écheveau d'algues m'étranglait. C'est en voulant m'arracher à cette étreinte que mes mains ont trouvé les roseaux qu'il m'avait semblé apercevoir de la berge. Il m'a alors suffi d'en casser un et de m'en servir pour respirer. C'est un très vieux truc, sourit-il, mais qui marche toujours.

Complètement dépassé, Fahré secoua la tête :

— C'est impossible. Mes gardes sont restés sur place si longtemps que tu aurais dû te dissoudre entièrement dans l'eau.

Ce fut au tour de Blade de secouer la tête.

— Je viens d'un royaume où les humains sont différents. Ma peau résiste à l'eau et j'ai des pouvoirs que vous ignorez. Mais là n'est pas la question, Fahré.

— Maintenant, tu vas te venger, Envoyé Richard Blade. Tu vas me tuer. J'y suis prêt. Je n'ai pas peur des Ténèbres Infinies et...

— Je ne te tuerai peut-être pas, coupa Blade. Si tu fais exactement ce que je vais te dire.

— Je préfère la mort à la reddition !

Blade haussa les épaules. Il était tombé sur un héros !

— Qui te parle de reddition ? Je suis revenu pour vous aider.

— Nous aider ?

C'était visiblement plus que Fahré ne pouvait comprendre. Blade expliqua :

— Votre monde est fragile, sans cesse menacé à cause du mauvais équilibrage des forces qui concentre toute la puissance dans un seul camp. Celui des Zohrs. Depuis des mémoires, ils détiennent le pouvoir absolu grâce à la Sublime Essence de Vie et à la terreur qu'inspire leur armement, les fameux couteaux-tonnerre. Ils traitent Luckes, Arbats et Korbats en esclaves et, pour accroître leur pouvoir, ils distillent judicieusement cette Essence de Vie dont chacun de vous semble avoir grand besoin. Ils en usent comme d'une récompense, afin de tirer au maximum parti du travail de tous. C'est bien ça ?

Un silence de mort lui répondit. A l'instar de Fahré, Hélé semblait à présent complètement dépassée. Recroquevillée sur la large couche, elle considérait Blade sans réagir. Finalement, ce fut l'Insoumis qui déclara :

— Tu dis vrai, Envoyé Richard Blade. Mais...

— Mais ?

Fahré hésitait. Il se lança encore :

— Mais que pourrais-tu faire pour nous aider à reconquérir nos libertés ?

— Chaque chose en son temps, éluda Blade. Maintenant, préfères-tu t'allier à moi ou bien mourir ?

Revenu de sa stupeur, le chef des Insoumis fronça ses minces sourcils pour demander, méfiant :

— Et... si j'acceptais de m'allier à toi ?

— Pour le Korbat, c'est trop tard, dit Blade. Il est sûrement déjà mort. Mais tu devras immédiatement libérer cette jeune femme et la rendre à son père. Pour la suite, à vous de vous débrouiller. Je ne suis pas venu ici pour gouverner.

Après un long silence lourd d'hésitations, Fahré finit par laisser tomber :

— Je ferai selon ta volonté, Grand Envoyé. Désormais, je suis ton serviteur. J'ai voulu prendre ta vie, j'ai échoué, la mienne t'appartient donc, maintenant.

Le chef des Insoumis était décidément un romantique impénitent. Blade sourit, désigna Lakhramé qui revenait doucement à lui et ordonna :

— Dans ce cas, envoie-le réveiller tes gardes, fais délivrer Hélé et réunis tes troupes immédiatement. Je veux leur parler. Ensuite, je t'expliquerai mon plan pour attaquer la Cité Impériale d'Ozohr.

— Comme tu voudras, Grand Envoyé.

Cette fois, Fahré semblait complètement maté. Mais pour ce qui était du Grand Envoyé, il était encore loin de la vérité. Car, pour avoir été « envoyé » ici, Blade l'avait sacrément été. Par Lord Leighton... à la vitesse de la lumière.

Mais ceci était une autre histoire.

CHAPITRE XVIII

Ozohr était une mégapole. Onze à douze fois plus vaste que Londres. Sinistre, monstrueuse de gigantisme. Loin en contrebas, en lisière du littoral occidental du Lac Infini, elle formait un immense et sombre croissant grondant de bruit et noyé dans un épais nuage de pollution verdâtre. Au nord, à l'est et au sud, les lointains reliefs montagneux formaient des remparts naturels, isolant et protégeant cette capitale démesurée. Blade et sa petite troupe se trouvaient précisément sur l'un de ces sommets. Au sud. C'était un plateau désertique, au sol craquelé, où la seule végétation se limitait à quelques buissons d'épineux rabougris. Derrière Blade, Lakhramé grogna :

— Personne ne peut circuler dans Ozohr sans arborer sa médaille, Grand Envoyé. On va se faire arrêter.

A voir sa mine gourmande, on se demandait s'il redoutait vraiment cette éventualité. Depuis que Blade l'avait enrôlé comme second, l'ancien chef de la garde de Fahré l'avait immédiatement accepté comme maître incontesté. Sans doute pour se faire pardonner l'épisode du Grand Œil Salé du Désert. Sachant que Blade l'avait choisi en fonction de ses qualités de combattant, il était impatient d'en découdre. Mais Blade n'était pas pressé. Si possible, il préférait agir en finesse. Pourtant, l'Insoumis avait raison. Sans les laissez-passer que constituaient les badges qu'il appelait médailles, ils n'avaient aucune chance d'arriver jusqu'à la Cité Impériale. En ville, les patrouilles militaires étaient nombreuses, et tout clandestin capturé était immédiatement tué. Ou envoyé aux travaux forcés dans les mines des Hautes Plaines. Ce qui ne valait pas mieux. Rares étaient ceux qui en revenaient.

— Nos médailles, dit Blade, nous les volerons.

Lakhramé hocha sa tête aux longs cheveux blêmes et désigna Hélé d'un mouvement de menton.

— Tu n'aurais pas dû emmener la femme, Grand Envoyé. Tu lui fais courir un grand risque. Et si jamais on apprend qui elle est...

— Je ne risque pas plus que toi, espèce de primate ! feula l'intéressée en le défiant de son regard de chatte en furie. Il y a quelques jours encore, tu te préoccupais bien peu de mon sort. Et puis je sais me battre aussi bien qu'un Insoumis.

Lakhramé allait répliquer, Blade s'interposa sèchement :

— Taisez-vous tous les deux ! Gardez vos forces. Vous risquez d'en avoir bientôt besoin.

Il avait emmené la jeune Arbat, espérant

détourner les regards suspects dans la foule. Dans un groupe, la vue d'une femme était toujours rassurante. Lançant un regard aux deux autres Insoumis mis à sa disposition par Fahré, il questionna :

— Comment va le blessé ?

Ils se penchèrent sur le brancard de fortune où gisait Gohr. Quasiment mourant. Ils firent la grimace. Blade comprit que malgré des soins intensifs, ce dernier n'en avait plus pour très longtemps. Ce long voyage à dos de licorne n'avait pas dû l'arranger, mais le Korbat constituait un des éléments clés de son plan. Il recommanda :

— Faites en sorte qu'il arrive vivant en bas.

Les deux autres se contentèrent de hocher la tête. Eux ne feraient qu'exécuter les ordres. Sans discuter. Ils étaient également sur la barque du Grand Œil Salé et ils préféraient visiblement se faire oublier. Depuis qu'ils savaient Blade « insoluble », ils en avaient une sainte peur teintée d'indéfectible respect. A quoi tenait l'autorité !

Blade considéra les cinq licornes qui, à quelques pas de là, grignotaient sans entrain quelques lambeaux d'épineux. Après une semaine de voyage harassant, les pauvres bêtes allaient être livrées à elles-mêmes. Abandonnées. Car il n'était pas question de les faire entrer à Ozohr. Ils auraient déjà bien du mal à passer discrètement sans elles.

Devinant l'inquiétude de Blade, Lakhramé le rassura :

— Leur instinct les guidera sur les mêmes

pistes. Elles seront récupérées en chemin par nos troupes.

— Alors, en route, ordonna Blade. Toi, Hélé, marche près de moi.

Décidément femelle jusqu'au bout des ongles, elle jeta un regard de défi à Lakhramé. Ce dernier préféra l'ignorer, et ils commencèrent à descendre la piste en pente raide qui, tout en bas, se perdait dans l'entrelacs des nombreuses routes carrossables desservant l'immense royaume d'Ozohr. Presque des autoroutes. Larges, revêtues d'une sorte d'asphalte ocré qui ressemblait à du laiton en particules. Des autoroutes à l'étrange aspect métallique... et complètement désertes. Pour la bonne raison que, depuis leurs construction, les rares véhicules s'y étant aventurés avaient été attaqués. Par les nombreux commandos d'Insoumis qui, depuis la colonisation, écumaient le royaume d'Ozohr. Et les larges voies inachevées se perdaient dans le désert, faute de destinations sûres. Et qu'ils soient Korbats, Arbats ou Luckes, les rares voyageurs habilités à franchir les hauts grillages-tonnerre qui cernaient la ville n'étaient autorisés à circuler que de jour. Question de sécurité. Malgré leur apparente puissance, les Zohrs semblaient condamnés pour longtemps à se retrancher dans leur citadelle.

Blade leva les yeux vers l'horizon. Les eaux planes du Grand Lac Infini perdaient de leur éclat et les reflets d'un crépuscule vert-de-gris commençaient à noyer l'immense décor. Déjà, les millions de lucioles de la ville s'allumaient et les hautes torchères des incinérateurs ménagers de la périphérie jetaient leurs flammes sulfureuses vers le ciel assombri. Quand Blade et sa troupe se présenteraient aux portes d'Ozohr, la nuit serait complète. Environ à mi-pente, Blade interrogea Lakhramé :

— Encore combien de temps, pour la patrouille du secteur sud ?

Il s'agissait de patrouilles de surveillance composées de quatre soldats, qui, régulièrement toutes les nuits, quadrillaient le vaste no man's land entourant la mégapole dans des véhicules chenillés qui ne franchissaient jamais la frontière naturelle des montagnes. Sur le Grand Lac Infini, des vedettes rapides à propulsion magnétique, identiques à celle empruntée par Blade, quelques jours plus tôt, remplissaient le même office. Ceci, malgré l'important dispositif de grillages-tonnerre qui défendait également la côte. L'Insoumis consulta l'astre de nuit et estima :

— Une trentaine d'arcs. On sera en place bien avant.

Blade avait calculé qu'un arc correspondait environ à deux minutes. Or, soixante minutes ne seraient pas de trop pour arriver sur les lieux. En montagne, les distances étaient toujours trompeuses. Il fit activer le pas, repassant en mémoire les détails de son plan. Un plan très simple. Il ne nécessitait qu'un peu de coordination et de courage, plus une « chèvre ». Un appeau. Pour tendre l'embuscade. Ensuite il suffisait de neutraliser une de ces patrouilles et d'emprunter armes, uniformes et véhicule pour entrer dans la ville.

Mais pour avoir une chance raisonnable de réussite, ils avaient dû bivouaquer sur ce plateau pendant deux jours. Afin de relever la fréquence et les itinéraires de ces patrouilles. Au terme de ces deux jours d'observation, Blade avait finalement choisi le secteur sud. A cause de son itinéraire. Le seul en terrain suffisamment accidenté pour permettre un guet-apens. Une embuscade qui, en cas de réussite, serait leur unique chance d'entrer dans Ozohr. Mais en cas d'échec, ce serait la mort.

Peut-être dans soixante minutes.

***

Bakhror en avait assez, de ces patrouilles. Toujours la même routine, en compagnie de ces abrutis de soldats Zohrs. Les Diaphanes, comme les Korbats les appelaient. A cause de leur teint gris, de leurs yeux presque blancs et de leurs grandes dents immaculées. Des dents qu'ils ne découvraient jamais pour sourire. Les Zohrs ne souriaient pas, ne criaient pas, et, quand ils parlaient, c'était toujours de la même voix monocorde qui les caractérisait tous. Au point qu'ils en devenaient tous interchangeables. Tous fabriqués sur le même moule. Les mâles, longs, filiformes, avec leurs crânes diaphanes, exempts de tout système pileux, les femelles, plus petites, mieux en relief avec leurs formes plus rondes et leurs grands yeux trop clairs et inexpressifs. Pas le genre de femme qu'appréciait Bakhror. Alors, depuis sa mutation à Ozohr, il s'ennuyait. Les femmes Korbats y étaient trop rares. Sauf dans l'armée. Mais celles-là étaient laides. Restait les filles collectives de Zarahta, le quartier chaud d'Ozohr. Des Arbats et des Luckes. Mais elles étaient chères et la solde d'un milicien Korbat était trop maigre pour aller souvent à Zarahta. Les femmes et le jeu coûtaient trop cher. Seuls, les Arbats Soumis, quelques Luckes ayant changé de camp et la communauté Korbat nantie pouvaient se livrer aux multiples plaisirs débridés qu'offrait Ozohr.

Alors, parfois, Bakhror rêvait de désertion. Pour aller ailleurs. Simplement pour échapper à l'emprise tentaculaire de cette ville gigantesque et tonitruante aux constructions si hautes que, les jours de vents de sable, leurs sommets disparaissaient dans une brume jaunâtre. Quant aux nuits, criblées des lumières clignotantes des panneaux publicitaires et des millions de fenêtres allumées, elles étaient la cause de milliers de suicides et de meurtres. Partout. Même dans les rues. Aux aurores verdâtres et engluées dans le brouillard, les véhicules de la Paix effectuaient discrètement le ramassage des corps qu'ils emportaient vers les bassins incinérateurs, remplis d'extraits d'herbes de feu où on les dissolvait. Des cadavres de toutes ethnies. Car à Ozohr, royaume Zohr du progrès et des plaisirs, même les Zohrs se suicidaient.

— Attention à ce que tu fais !

Rappelé à la dure réalité par la voix du chef de patrouille assis près de lui, Bakhror rectifia la trajectoire du véhicule. Il avait failli emboutir un de ses maudits rocs qui, toutes les nuits, quand la température devenait glaciale, se décrochaient de la montagne dans un vacarme de tonnerre. Il fit passer l'engin sur la gauche du rocher, envoyant un sourire d'excuse au chef de patrouille. A l'arrière, les deux autres n'avaient pas bronché. Avec leurs casques intégraux en glax réfléchissant et leurs couteaux-tonnerre, ces étranges pistolets trapus à l'énergie dévastatrice, ils ressemblaient à des robots. D'ailleurs ils étaient tous des robots. Y compris Bakhror. Bien à l'abri de la bulle transparente du véhicule où la température ne variait jamais, il se sentait d'arc en arc et de cycle en cycle devenir comme eux. Aussi vide et glacé qu'un Zohr.

— Attention !

Encore le gradé. Mais cette fois, ce n'était pas un rocher. Ouvrant des yeux dilatés de surprise, Bakhror stoppa l'engin brutalement. Juste au pied de la montagne, en pleine zone d'éboulis, juste devant lui, un Korbat ! En sang ! Allongé dans la poussière et inanimé. Livide comme celle d'un Zohr, sa tête reposait sur les genoux d'une femme. Une Arbat !

Cette vision était si inattendue, si insolite, que personne ne songea à cet instant aux consignes draconiennes de sécurité qui stipulaient de ne jamais quitter le véhicule. Dans un réflexe compréhensible, le Korbat sauta à terre, volant au secours de son semblable. Instantanément, les deux Zohrs de l'arrière l'imitèrent pour le couvrir, braquant leurs couteaux-tonnerre vers la montagne, tandis que leur chef, un transceiver en main, essayait d'établir le contact radio avec sa base. Tout se passa alors si vite que personne ne put réagir à temps. Jaillies de toutes parts, des ombres fondirent dans leurs dos, firent voler les étranges casques et les assommèrent proprement. Ils s'écroulèrent sans comprendre ce qui leur arrivait. Soudain, le Korbat sentit son cou pris dans un étau. Il ouvrit la bouche sur un cri muet, vit passer un éclair devant ses yeux et une voix grave souffla à son oreille :

— Si tu bouges, je te tue.

Bakhror ne pouvait rien faire. La pointe du poignard lui déchirait la peau du cou. Roulant des yeux égarés, il se laissa délester de son couteau-tonnerre, tandis que, devant lui, la fille Arbat se relevait pour déclarer calmement :

— Il est mort.

Elle parlait de Gohr, couché dans la poussière. Complètement traumatisé, Bakhror n'y comprenait rien. Il vit encore des Insoumis armés émerger de derrière les éboulis, entendit la voix de son agresseur questionner à son oreille :

— Tu as envie de mourir, Korbat ?

— Pas la moindre, grogna l'intéressé.

— Alors, dit encore la voix grave, voilà ce que tu vas faire.

Bakhror écouta attentivement. Et plus cet homme étrange qui ressemblait à un Lucke parlait, moins il avait peur. Quand Blade eut terminé, il desserra son étreinte et demanda :

— Tu as tout compris ?

Sans s'occuper des autres qui le menaçaient des couteaux-tonnerre qu'ils avaient ramassés, il adressa à Blade un de ces rictus cruels dont les Korbats avaient le secret.

— J'ai tout compris, acquiesça-t-il. Si tu es assez fou pour tenter cette aventure, tu es aussi trop brave pour que je prenne le risque de te trahir. Non seulement, je vais faire ce que tu demandes, mais je vais aussi te procurer le matériel, les médailles dont vous avez besoin, et une cachette en ville. Dorénavant, je ne vous quitte plus. Et je veux repartir d'Ozohr avec vous, acheva-t-il, péremptoire.

Blade le scruta des yeux, méfiant.

— Pourquoi ferais-tu cela ?

— Ça ne regarde que moi.

— Tue-le.

C'était Hélé. Elle n'aimait décidément guère les Korbats. Blade se demanda si ce n'était pas tout simplement du racisme ! L'ignorant, il secoua la tête en disant :

— Pour accepter ton offre, il me faudrait une preuve de ta bonne foi.

Nouveau sourire du Korbat.

— Facile. Rends-moi mon couteau-tonnerre et tu verras.

— Jamais ! cria Hélé. Tue-le, ce thor de Korbat !

— Ça suffit, gronda Blade.

Il ne risquait rien à accepter la proposition du Korbat. Les Insoumis gardaient le doigt sur la détente de leurs armes. Au moindre geste suspect, le Korbat serait abattu. Il lui tendit son arme. L'autre s'en empara, enfonça un poussoir rouge sur le côté gauche de la carcasse en métal noir, et, dirigeant le court canon trapu sur les soldats évanouis, il enfonça la détente. Un éclair fulgurant déchira la nuit et un trait de lumière aveuglante frappa les deux crânes des Zohrs assoupis. Des crânes qui, d'un coup, se désintégrèrent complètement. Seules, quelques esquilles d'os fusèrent tous azimuts, et ce fut le silence.

— Voilà, jeta le Korbat à Blade. Tu voulais une preuve de ma bonne foi... j'ai épargné les uniformes, et surtout les casques. C'est la seule chose qu'on voit des postes de contrôle aux entrées. Vous en aurez besoin pour les franchir.

Devant les Insoumis médusés et le regard incrédule de Blade, il ajouta avec emphase, désignant au loin la ville ruisselante de lumières et bourdonnante de rumeurs.

— Mon nom est Bakhror. Bienvenue au royaume de la folie.

Mais l'allusion aux uniformes avait donné une idée à Blade. Confisquant de nouveau l'arme terrifiante du Korbat, il lui désigna la dépouille de Gohr en ordonnant :

— Enlève-lui son uniforme et passe-lui le tien.

Le Korbat lui jeta un coup d'œil inquiet. Sous ses gros sourcils broussailleux, ses petits yeux calculateurs se voilaient de doute. Blade lui sourit :

— Puisque tu te rallies à nous, autant que tes chefs te croient mort avec les autres.

Cela allait surtout beaucoup lui compliquer les choses, s'il était ultérieurement tenté de les trahir. Le Korbat n'hésita qu'une seconde. Il obéit, livrant sans complexe aux regards de tous son corps épais à la peau grise et couvert de poils crépus. Il fit l'échange et leva un regard interrogateur sur Blade. Ce dernier acquiesça, leva le court canon du couteau-tonnerre et tira. La tête de Gohr se volatilisa, puis ses mains et tout ce que Bakhror désigna comme étant susceptible de l'identifier. Quand les éclairs cessèrent, il ne restait du Korbat mort qu'un corps méconnaissable.

Blade avait horreur de cela. Mais ainsi, la mort de Gohr servirait-elle à quelque chose. Au moins, il l'espérait.

— D'accord, dit-il simplement, entrons dans ton royaume de la folie.

CHAPITRE XIX

— Tu crois qu'il reviendra ?

Hélé était anxieuse. En regardant à travers la grande baie vitrée sale et fendue, Blade se dit qu'elle n'avait pas complètement tort. Le climat général de cette immense ville en folie aurait déprimé le plus optimiste. Rien que de hautes façades grises de pollution, aux fenêtres opaques, des enseignes clignotantes partout, des musiques, des messages publicitaires tonitruants, avec, tout en bas, les rues sales, jonchées d'ordures et d'emballages poussés par le vent acide, au même rythme que les paquets de ce sable ocré venu du désert. Des rues pleines de monde, où Zohrs, Arbats Soumis, Luckes et Korbats se bousculaient au coude à coude pour se frayer un chemin. Toute une humanité qui disputait le peu d'espace libre aux étranges et futuristes véhicules à bulle ou à d'inattendues et anachroniques charrettes à khorns.

— Crois-tu que Bakhror va revenir ? questionna encore Hélé dans son dos.

Blade haussa les épaules. D'un traître Korbat,

on pouvait évidemment s'attendre à tout. Pourtant, la veille, Bakhror avait tenu parole. Il leur avait fourni ce refuge. Un vaste loft situé au dernier étage d'un immeuble décrépit de l'ancienne zone portuaire. Il squattait ce local pour le stockage de ses divers petits trafics. Bakhror était décidément un intéressant personnage. Voué à la démolition, l'immeuble était vide. Mais, par mesure de sécurité, les trois Insoumis s'étaient installés au premier étage, laissant à Blade et à Hélé, qui avait insisté pour loger avec lui, cette vaste pièce relativement confortable et sûre.

Depuis, ils attendaient.

Bakhror aurait effectivement déjà dû être là. Avec tout ce que Blade lui avait demandé, plus un plan détaillé de la Cité Impériale. Sans abandonner sa morne contemplation de la ville, il répondit :

— Oui. Je crois qu'il viendra.

— Je te trouve bien confiant, Richard Blade, ironisa sombrement la jeune Arbat.

Blade lui jeta un regard un biais. Avec sa longue robe en soie brodée bleue et ses longs cheveux translucides coiffés en tresses, elle était très belle. Pourtant, son regard en amande que le maquillage bleu nuit rendait encore plus lumineux restait froid et dur. Elle en voulait à Blade de s'en remettre trop ouvertement au milicien et refusait d'admettre que cette confiance relative reposait pourtant sur un élément capital. La peur. S'il les dénonçait à présent, le milicien devrait également justifier sa disparition, expliquer le carnage de l'avant-veille et fournir quelques précisions sur son « échange » de cadavre avec Gohr, un autre Korbat.

— Tu ne fais même pas attention à moi, Richard Blade, s'emporta soudain Hélé. Les Créatures de ce monde sont-elles si méprisables, comparées à tes pouvoirs extraordinaires ? L'Envoyé du Grand Géomètre ne serait-il qu'un mâle infatué ? Et d'abord, quels sont donc les desseins secrets qui t'ont guidé jusqu'ici ? Aurais-tu une vengeance personnelle à assouvir contre Ozohr lui-même ? Ou bien aurais-tu simplement eu l'idée d'entrer clandestinement à Ozohr pour te repaître des sombres plaisirs qu'offrent le jeu et les femelles collectives ? siffla encore Hélé, son beau regard allumé de colère.

Blade sourit, amusé.

— Ce serait faire peu de cas de ma condition de Grand Envoyé, non ?

Les yeux d'Hélé brillèrent d'un éclat de défi.

— Le Grand Envoyé ne serait-il pas un vrai mâle ?

Blade se détourna de la baie vitrée pour la contempler. Debout au milieu des gravats, fière et vibrante, elle offrait une image étonnante, dans ce décor aux poutrelles rouillées, aux lourdes tentures moisies et décolorées, qui, maintenant, transpirait sa désolation. C'était presque la nuit, et les lumières capricieuses des enseignes extérieures, seul éclairage du local, donnaient à la scène une atmosphère irréelle. Il avança dans sa direction, la prit doucement aux épaules et, alors qu'elle esquissait un mouvement de recul, il suggéra doucement :

— Je crois que tu as besoin d'un peu de souffle de sagesse.

— Non. Je...

Mais Blade avait déjà ses lèvres sur les siennes. D'abord, les bras d'Hélé voulurent le repousser, et sa bouche demeura close. Puis, tandis qu'il lui caressait la nuque, elle fondit d'un coup, s'alourdissant contre lui, secouée d'un long frisson. Lentement, il la repoussa dans l'angle de la pièce où Bakhror avait entassé des ballots de vêtements à vendre. Quand ses jambes butèrent contre l'obstacle, elle se raidit, essaya d'échapper à son emprise. Mais la bouche, les mains et la chaleur de Blade eurent raison de ce dernier sursaut de résistance. Hélé bascula soudain, l'entraînant avec elle, serrée contre lui à lui briser les os. Lorsqu'il fit courir ses mains sous la soie de la robe, quand sa bouche descendit lentement vers ses petits seins ronds, puis vers son ventre, elle se tendit, ouvrant les jambes en gémissant d'impatience.

Dans la Dimension du Projet DX, dame Nature avait les mêmes exigences. Et le sexe des femmes était toujours aussi sublime. Blade fit courir sa bouche, puis sa langue dans une faille soyeuse, déclenchant un volcan dans les entrailles d'Hélé. Des plaintes jaillirent d'elle, plus exigeantes à mesure que courait la langue de Blade. Soudain, l'attirant contre elle avec fièvre, elle s'ouvrit davantage et il la pénétra. Elle cria, lui griffa le dos, tandis que son ventre devenait miel et qu'il la possédait avec force. De ses jambes refermées derrière lui, elle le retint prisonnier, accueillant d'un autre long cri la vague déchirante qui la crucifiait enfin.

Puis ce fut le silence. Seulement troublé par les battements de leurs cœurs et la rumeur de la grande cité. Plus tard, laissant courir une main encore frémissante sur le torse musclé de Blade, elle murmura :

— J'aime, quand tu me donnes le souffle de la sagesse, Richard Blade.

Il sourit dans l'ombre, ne fit pas de commentaire. D'ailleurs, il aurait été obligé d'avouer qui lui avait révélé la vérité à propos de ce soi-disant souffle de sagesse. Or, il n'avait nulle envie de déclencher une scène à propos de la belle Zuhri. Il se remit à la caresser, faisant naître chez elle une nouvelle fièvre et ils refirent l'amour. Plus doucement. Comme on accomplit un rite. Ce qui était un peu le cas. Puis, alors que la rumeur de la rue montait avec la nuit, alors qu'un vent violent soufflait par bourrasques contre les vitres, ils entendirent des portes claquer dans l'immeuble, puis des bruits de voix. S'arrachant aux bras d'Hélé, Blade bondit vers le couloir. Un instant plus tard, escorté par Lakhramé, Bakhror fit enfin son entrée.

Gris de peur, la voix cassée, le déserteur entra immédiatement dans le vif du sujet :

— Ils savent que vous êtes en ville et que vous êtes responsables du carnage de l'autre soir. Ils ont lâché les Rihks. Il y en a plein les rues et...

— Qui sont ces Rihks ? coupa Blade, en achevant de se rajuster.

Il y eut un frémissement dans son dos et la voix tendue d'Hélé renseigna :

— Des sortes de mutants. Mi-robots, mi-Créatures. Des soldats d'élite qui ont subi des interventions chirurgicales très spéciales. Parmi certaines de leurs particularités, on peut noter des réflexes foudroyants, un angle visuel de 360 degrés et, surtout, une centrale mnémotique couplée à un détecteur de pensées répréhensibles. Un détecteur également branché sur le nerf optique. Ainsi, ceux qui passent dans leur réseau de surveillance et qui ont l'esprit pollué par des désirs illicites sont-ils aussitôt dépistés.

— Et que font alors ces Rihks ? s'inquiéta Blade.

— Ils lâchent aussitôt leurs thorihks sur les malheureux, renseigna Lakhramé à son tour. Ce sont des thors également robotisés. Des thors mutants. Leur instinct est infaillible et leur cerveau est programmé pour ne répondre qu'à un seul ordre. Tuer.

— Je vois, fit sombrement Blade.

Bakhror intervint, nerveux :

— J'ignore ce que vous êtes venus faire, mais il faut renoncer. Il faut fuir. Même ici, vous êtes en danger. Les Rihks ont tous les droits. Ils peuvent entrer partout. Faire toutes les perquisitions et tuer qui leur semble suspect. C'est ce que le vieil Ozohr appelle la Loi de Clarté.

— Combien de temps peuvent durer ces recherches ? questionna encore Blade.

Le Korbat secoua misérablement la tête, avoua :

— Aussi longtemps qu'ils ne nous auront pas trouvés. Car ils me dépisteront aussi, ajouta-t-il d'une voix blanche. Et ils me tueront. Comme vous tous.

— As-tu apporté les armes, le plan et tout le reste ?

— Non, non ! gémit le Korbat. Impossible. J'ai tout laissé à mon dépôt de Zarahta. J'ai juste les médailles. Pour nous permettre de nous échapper. Avec de l'argent, je pourrai acheter un gardien du contrôle nord. C'est un Korbat de mon village et...

— Dans ce cas, coupa encore Blade, nous l'utiliserons si l'affaire tourne mal. En attendant, Lakhramé et moi allons t'accompagner jusqu'à ton dépôt.

— NON ! Ils... ils vont nous tuer !

Le Korbat suait de peur. Dans la lumière vacillante de la chandelle que tenait Lakhramé, Blade lui sourit, rassurant :

— Bien sûr que si, Bakhror. Sinon, c'est moi qui te tue. Et tout de suite.

De terreur, l'autre recula vers la porte. Se méprenant sans doute sur ses intentions, Lakhramé lui barra le passage. A sa manière. D'une gifle retentissante, il l'envoya contre le mur lépreux qui résonna sous le choc.

— Le Grand Envoyé te fait désormais l'honneur de requérir ta présence permanente, traduisit-il en termes courtois. Donc, tu ne nous quittes plus.

— Allons à ton dépôt de Zarahta, ordonna Blade.

— Tout... tout de suite ?

— Tout de suite. Avant, donne-nous ces médailles.

Le Korbat ne put que s'éxécuter. Il ouvrit un paquet qui contenait cinq badges métalliques de couleurs différentes et gravées de signes incompréhensibles. A contrecœur, il les distribua, en commençant par Hélé.

— Celui-ci est destiné aux femmes Arbat Soumises. Ces trois-là aux Arbats Soumis mâles et ce dernier aux Luckes... vendus, acheva-t-il en baissant les yeux pour le donner à Blade. Ils sont magnétisés avec leurs codes propres. Chaque porteur doit connaître le sien et le décliner lors d'un contrôle Rihk. Leurs détecteurs peuvent lire le code invisible. En cas d'erreur, c'est l'embarquement au Grand Central. Pour vérifications. En cas de... d'imposture, c'est la condamnation pour espionnage... et la mort.

Pour une société aussi portée sur la Sublime Essence de Vie, Blade trouvait qu'on y mourait beaucoup. Il accrocha son badge au col de sa grossière veste de toile et demanda :

— Et les codes, ça vient ?

Le Korbat se mit à transpirer. Puis, secouant la tête, il avoua :

— Impossible de se les procurer. Celui qui vole les médailles pour moi ne peut en connaître les codes. Il est employé aux Bassins de Feu où l'on dissout les cadavres de la voie publique.

Blade soupira. Tout le monde savait que les

morts n'étaient pas bavards. Les combines du Korbat n'étaient décidément pas très avouables. Ni très sûres. Il ordonna :

— Nous y allons quand même. Hélé, tu ne me quittes pas. Toi, Bakhror, tu resteras entre nous deux. Et toi, Lakhramé, tu fermeras la marche avec tes hommes.

— Et, en cas de contrôle ? hasarda Lakhramé.

Blade avait déjà dissimulé son couteau-tonnerre sous sa veste. A peine plus volumineuse qu'un gros 357 Magnum à canon long, l'arme terrifiante se devinait à peine. Faisant signe aux autres de l'imiter, il répondit :

— En cas de contrôle, on tue. Le contrôleur et l'animal, précisa-t-il. En cas de dispersion forcée, tout le monde se retrouve au cinquième croisement de rues, après avoir tourné à droite.

C'était un truc simple, employé par certains commandos clandestins en milieux urbains inconnus.

Il ajouta, sombrement ironique, à l'adresse du Korbat :

— Comme tu es le seul à ne pas avoir d'arme, même en cas de dispersion, tu restes à mes côtés.

Bakhror coula un regard en biais vers Hélé. Pour dissimuler l'arme coincée dans sa ceinture, elle avait revêtu une grande cape noire aux larges plis. Son arme, c'était elle qui l'avait. Mais il ne fit aucun commentaire. Il avait assez de soucis comme ça.

— Allons-y, lança Blade. Nos troupes ne doivent plus être loin.

Il faisait allusion aux Insoumis de Fahré, qui,

dès l'aube, seraient à pied d'œuvre aux portes de la cité. Certains de ne pas y revenir, ils quittèrent le loft et descendirent l'escalier en marbre noir qui, des lustres plus tôt, avait dû être beau. En bas, les deux autres Insoumis les attendaient. L'un d'eux désigna la lourde porte cochère aux sculptures rongées de pollution et déclara :

— La voie est libre.

Le battant couina affreusement en s'ouvrant. Blade risqua un regard dans la ruelle où voisinaient ordures grasses, gros rats scrofuleux et une faune cosmopolite et avinée. Ici, les plaisirs glauques se prenaient dans de minables et fangeux lupanars aux enseignes racoleuses. Ici, c'était le vice, la crasse et le crime élevés au rang d'institution. Pour les strass, les boissons capiteuses et les belles Arbats Soumises, il fallait parcourir les trois ou quatre lieues qui, en front du Lac Infini, menaient à Zarahta. Un quartier trois fois grand comme Londres downtown, où tout ce qu'Ozohr comptait de notables venait s'encanailler.

Sur un signe de Blade, Bakhror émergea dans la rue surpeuplée. Blade entraîna Hélé, bientôt suivi par Lakhramé et ses hommes. Le vacarme était épouvantable. Des musiques vulgaires sortaient des tripots, se mêlant à la clameur ambiante et aux innombrables messages publicitaires des enseignes « parlantes ». Ils parcoururent ainsi une centaine de mètres, bousculés, canalisés par le flot humain chaloupant d'ivresses. Soudain, alors qu'ils atteignaient le premier croisement, trois Korbats ivres se plantèrent devant Hélé, coupant la route au groupe.

— Toi, cria le plus grand, une brute hirsute aux yeux embués d'alcool, quitte ce thor de Lucke et viens faire la fête avec nous.

Hélé voulut le contourner. Mais, rapide comme un singe, l'autre lui saisit un bras.

— Lâche-moi, pyhgt de Korbat ! cria Hélé.

Mais la brute ne voulait rien savoir. Alors, Blade frappa. Un terrible coup de pied qui claqua dans le menton de l'abruti, l'envoyant tout droit dans un tas d'ordures... et dans le coma. Comme piqués par une guêpe, les deux autres arrachèrent leurs dagues des étuis. A cet instant, il y eut des remous dans la foule et une forte voix métallique couvrit le vacarme :

— Qu'est-ce qui se passe, ici ?

Blade vit alors apparaître deux gigantesques silhouettes. Enchaînés à leurs mains gantées d'acier, d'énormes molosses aux yeux rouges et aux crocs monstrueux grondaient. Contre Blade, Hélé souffla, décomposée :

— Les Rihks ! nous sommes perdus !

CHAPITRE XX

— Toi. Donne-moi ton code.

L'ordre s'adressait à Blade. Il ouvrait la bouche, quand, derrière lui, il y eut deux petites explosions. Comme de gros éclairs d'orage. Les crânes casqués des deux Rihks se désintégrèrent, répandant alentour de microscopiques scories. Tandis que la foule horrifiée s'écartait en hurlant, il vit du coin de l'œil Lakhramé abaisser le canon de son arme vers les thorihks. Enragées, les bêtes tiraient sur leurs chaînes en lançant leurs jappements rauques. Bave aux babines, ils dardaient leurs crocs en sautant sur place. Heureusement, retenus par les chaînes à leurs maîtres écroulés, ils ne pouvaient bondir. Blade abaissa vivement l'arme de Lakhramé.

— Fichons le camp, ordonna-t-il. Vite.

Il poussa Bakhror devant lui, entraîna Hélé et, à grand renfort de coups de coude, se fraya un chemin dans la foule. Un des Korbats avinés voulut leur barrer la route. Blade n'hésita pas. Il leva le canon du couteau-tonnerre, pressa la détente. L'imprudent n'eut pas le temps de crier.

Sa tête et tout le haut de son buste se désintégrèrent instantanément. Détachée du reste qui n'était plus que cendres, la calotte crânienne vola dans l'air, dispersant quelques débris informes, avant de retomber sur le pavé gras, avec un ridicule bruit de crécelle. Hélé poussa un cri, mais Blade l'entraînait à nouveau. Comme par miracle, la foule s'écarta d'un coup. Poussant un Bakhror paniqué devant lui, tirant Hélé, il tourna à droite, fila sans se préoccuper des coups de couteau-tonnerre tirés loin derrière. Les Insoumis semblaient avoir des problèmes. Mais avec ce Korbat couard et la jeune Arbat, il ne pouvait leur être d'aucune utilité. Soudain, alors qu'ils avaient déjà traversé le deuxième croisement à une allure volontairement plus lente, Blade s'arrêta. Ici, la foule n'avait rien vu et ils étaient tranquilles. Mais Blade ne s'était pas arrêté pour ça. Devant eux, à moins de dix mètres, une très jeune Arbat venait de sauter d'un véhicule à bulle. Semblant en proie à une grande émotion, elle courait à présent au milieu de la foule, bousculant tout le monde comme l'avait fait Blade un peu plus tôt. Le véhicule s'arrêta en catastrophe au bord du trottoir et les deux Luckes qui l'occupaient se lancèrent immédiatement à sa suite. Eux aussi semblaient ivres. Chaloupant entre les groupes, ils criaient à la fille de revenir. Mais cette dernière était déjà loin. Blade vit tout ce petit monde disparaître et il se tourna vers le Korbat :

— Tu sais piloter ces engins, Bakhror ?

L'autre esquissa un craintif signe affirmatif.

Blade le poussa en avant et, dix secondes plus tard, ils s'installaient tous trois sur le siège avant. Recouvrant ses esprits, le Korbat mit le contact et, se frayant un difficile chemin dans la foule braillante, la chenillette s'éloigna.

— Stop ! ordonna bientôt Blade.

Ils venaient d'aborder le cinquième croisement et ils fouillèrent la foule des yeux, cherchant sans succès les Insoumis. Ils avaient maintenant quitté l'ancien port. Ici, les immeubles étaient démesurés et leurs sommets se perdaient dans le ciel de nuit. Le vent tourbillonnant chavirait des tonnes de sable et faisait voler les papiers gras. Jaillissant du sol par des bouches grillagées, d'épaisses colonnes de fumée jaunâtre alourdissant l'atmosphère et, malgré la protection de la bulle, Blade se mit à tousser. Il était le seul. Dans la rue, dans les encoignures de portes, des ivrognes buvaient à la bouteille et des ombres soudées par deux, trois ou plus, copulaient dans la débauche la plus totale. Sinistre. Blade toussa encore.

— Ce sont les émanations des bassins, renseigna Hélé, encore essoufflée. Les bassins souterrains où l'on dissout les cadavres de la voie publique. Mais la nuit ne fait que commencer.

En résumé, Blade était en train de se bousiller les poumons au contact de ces émanations d'acide. Et, pour lui aussi, la nuit ne faisait que commencer. Car il venait de prendre sa décision. Plus question d'attendre l'aube pour accomplir son coup de force contre la Cité Impériale. Maintenant que l'alerte était donnée, que les recherches contre eux allaient se déclencher, il fallait accélérer les choses. Appliquer la méthode des commandos. Frapper vite et fort, puis se replier immédiatement.

— Les voilà ! s'exclama Hélé. Les voilà !

Blade suivit son regard et les vit. Lakhramé et un des Insoumis. Déjà, Hélé attirait leur attention et ils accoururent. Sitôt dans le véhicule, Lakhramé grogna :

— Takté a été tué. Des Rihks sont arrivés en renfort et il s'est sacrifié pour nous permettre de fuir. Takté est déjà assis près du Grand Géomètre, acheva-t-il en guise d'oraison funèbre.

Et, tandis que Bakhror démarrait de nouveau, l'ancien chef des gardes de Fahré s'étonna :

— Où avez-vous trouvé ce vékar ?

— Emprunté, éluda Blade, comprenant qu'il parlait du véhicule.

Sans commentaires, Lakhramé enchaîna :

— Où va-t-on, maintenant ?

— Au dépôt de Bakhror. Ensuite, la Cité Impériale.

— Tout de suite ? Mais Fahré ne saura pas que...

— Tu vas le lui faire savoir, coupa Blade. En envoyant le signal lumineux plus tôt que prévu. Si ses troupes et lui sont déjà arrivés sur le plateau, il comprendra et attaquera. Dans le cas contraire, nous nous débrouillerons.

— Ce qui signifie que si nos troupes n'attaquent pas, intervint Hélé d'une voix rauque, nous sommes perdus.

Encore une fois, elle n'avait pas tout à fait tort.

Mais Blade ne pouvait plus reculer. Dans quelques heures, la ville serait entièrement quadrillée, Bakhror se serait ressaisi et il les trahirait sûrement. Dans l'espoir d'échapper au massacre.

— Ton dépôt est encore loin ? questionna Blade.

— Si on pouvait rouler... ergota le Korbat.

Blade avait lu le plan tracé par Gohr. A l'estimation, Zarahta se trouvait à quatre ou cinq miles de l'ancienne zone portuaire. Mais, à cette allure...

— Plus vite ! ordonna-t-il.

Bakhror conduisait les deux pieds au frein. Paralysé par la peur. Et peut-être, aussi, animé de mauvaises idées en tête. Alors, Blade décida de se montrer convaincant. Appliquant le canon de son arme contre les côtes du Korbat, il dit doucement :

— Si nous ne sommes pas à ton dépôt dans une dizaine d'arcs, tu es mort.

Bakhror sursauta. Décomposé, il chevrota :

— Mais... c'est impossible... avec tout ce monde.

— Ecrase-les, suggéra Blade, suave.

*
**

— Ça y est. Tout est là.

Lakhramé venait d'enfourner le dernier sac dans le vékar. Il poussa Bakhror qui, plus mort que vif, réintégra sans un mot le poste de commandes. Il démarra en trombe, comme si une armée de Rihks était à leurs trousses. Blade adressa un hochement de tête satisfait à l'Insoumis. Ils avaient fait de l'excellent travail. En moins de trente minutes. Sans écraser personne. Maintenant, il s'agissait de gagner la Cité Impériale sans se faire coincer par un contrôle. Mais, avant, il fallait envoyer le signal à Fahré. Lakhramé y songeait également. Ils n'avaient parcouru que deux ou trois miles, quand il jeta :

— C'est là.

Là, c'était l'immense gratte-ciel de Zohrka. La radio officielle de la capitale. Tout en haut de l'immense building en forme de pyramide, malgré la brume de sable, les six lettres rouges illuminées se découpaient. Visibles à des miles à la ronde. C'était ça, le signal. Blade ordonna à Bakhror d'avancer encore un peu, fit stopper le véhicule à l'entrée de l'immense place au centre de laquelle trônait le gigantesque immeuble.

— Il y a trop de monde, fit valoir Lakhramé. Les éclairs des couteaux-tonnerre vont nous faire repérer.

Blade y avait songé. Il jeta :

— Attendez-moi un instant.

Avant qu'ils n'aient pu réagir, il était déjà dehors, fendant aussitôt la foule massée autour des attractions populaires qui foisonnaient dès la nuit tombée, il gagna l'immeuble bas qu'il avait repéré à l'angle d'en face. Son arme sous sa veste, il pénétra sous un porche, sans déranger les couples qui se vautraient dans les immondices. Des porcs. Il traversa une cour puante, grimpa des escaliers. Pourris, écrasant des choses molles et invisibles, avant d'émerger enfin sur une terrasse. Heureusement déserte.

Il ne s'était pas trompé. L'endroit idéal.

S'approchant du parapet, il jeta un regard sous lui, vit, à travers la bulle du vékar, le visage d'Hélé levé vers lui. Elle avait compris. Alors, il s'accouda au parapet enduit de sa pellicule de sable, essuya ses yeux rendus larmoyants par le vent et les vapeurs d'acide, épaula son couteau de feu et, posément, visa les grosses lettres de feu.

Il tira trois fois. Très vite.

A la troisième, tout là-haut les lettres rouges avaient disparu. Les terribles rayons avaient grillé tous les relais électriques. Si Fahré avait intercepté le signal, il déclencherait son attaque dans exactement trente arcs.

Sans s'attarder, il redescendit, regagna le véhicule et ordonna :

— Allons-y.

Sous entendu, à la Cité Impériale.

Malgré le succès de cette première opération, ils étaient tous tendus. En effet, le plus difficile restait à faire. Et rien ne prouvait que Fahré soit déjà en position sur le haut plateau du sud. C'était même peu probable. Et c'était le problème. Car, si Blade réussissait son audacieux coup de main, dans une heure, ils seraient traqués par toutes les forces armées de l'immense mégapole.

Ils n'auraient alors aucune chance d'échapper à la mort.

CHAPITRE XXI

Ici, le silence était presque total. Hormis, parfois, quelques clameurs lointaines apportées par le vent, et qui s'effritaient sous le couvert des arbres. Maintenant, Blade était seul. Livré à lui-même et à tous les dangers. Désormais, il ne pourrait compter sur aucune assistance avant la fin des opérations. Dans vingt-deux minutes. Environ dix arcs. Hélé, Bakhror et les deux Insoumis étaient partis remplir l'autre volet de la mission. Loin de Blade. A l'est, à l'endroit où les grillages-tonnerre encerclant Ozohr passaient au plus près de la Cité Impériale. A moins de trois miles d'ici.

Le bout du monde.

Blade attendait. Suffocant sous la chaleur étouffante du « cadeau » de Bakhror. Une combinaison au velkhur, matière résistant aux acides, mais si étanche, que les « fossoyeurs » des fameux bassins de dissolution qui s'en protégeaient parfois ne pouvaient les supporter plus d'une minute. Tapi dans les luxuriants massifs de la ceinture verte entourant la Cité Impériale, et strictement interdite au public, Blade épiait à présent les vingt-quatre gardes de la Chaussée Sacrée immobiles. D'une immobilité crucifiante. Car la relève n'arrivait toujours pas et le temps passait. Plus que dix arcs. Après, que Fahré soit exact ou non au rendez-vous, il serait trop tard. Bakhror les avait trompés. Il n'avait dit la vérité que sur un point : les tours de ronde. Depuis son arrivée, Blade en avait déjà déjoué deux. Grâce aux épaisses frondaisons des massifs. La dernière fois, un des soldats Zohrs avait enfoncé sa lance dans les arbustes. A dix centimètres de sa tête. Heureusement, ces gardes-là n'avaient pas de thorihks. Dans le cas contraire...

Ça y était ! La relève arrivait.

Blade se tendit. Tout au bout de la Chaussée Sacrée et de son tapis-tonnerre luminescent, la porte monumentale en bois clouté de la Cité Impériale s'ouvrait, livrant passage aux vingt-quatre nouveaux gardes en uniformes de parade. Hallebardes vers le ciel, ils marchaient d'un pas lourd. Chacune de leurs bottes devait peser six livres. Des bottes à semelles isolantes au rhaxylon, pouvant résister à plus de vingt mille volts. Force approximative du courant alimentant le tapis-tonnerre. Sans ces bottes, ils auraient été grillés en quelques secondes.

C'était le moment. Les hallebardiers de la relève se plaçaient devant leurs collègues et, d'une manœuvre impeccable, ils faisaient tous demi-tour. Le cérémonial exigeait que les arrivants accompagnent la garde relevée jusqu'à la porte et qu'ils reviennent ensuite prendre leur poste à leur tour. Quand ils eurent tous le dos tourné et qu'ils commencèrent à refluer vers la porte de la Cité, Blade lança un dernier regard autour de lui et plongea hors de sa cachette. Placé comme il l'était, face à la Chaussée Sacrée, aucun des gardes ne pouvait le voir. Mais il prenait un risque insensé : celui d'être aperçu de la Cité. En effet, Bakhror n'avait pas pu être plus précis quant à d'éventuels guetteurs intra muros. Un lourd sac au dos, jaillissant dans une des zones les plus éclairées, il sprinta vers le parapet protégeant le fossé, juste au pied de l'escalier de la Chaussée Sacrée. Le cœur dans la gorge, s'attendant à chaque millième de seconde à recevoir la décharge-tonnerre qui le désintégrerait, il y parvint plus vite qu'un champion olympique. Dans la foulée, sans un regard vers les gardes qui arrivaient déjà à la porte, il plongea par-dessus le muret de marbre noir, se reçut en catastrophe sur une surface dure, lisse et également noire. Du velkhur massif. Il n'eut que le temps de rouler sous le tablier de la Chaussée Sacrée. Juste au moment où les nouveaux gardes se retournaient. Mais il était désormais hors de vue. Hélas, les arcs de temps passaient trop vite. Il pouvait les voir défiler sur le cadran lumineux de la plus haute tour de la Cité Impériale. Il répartit le poids du sac glissé sous la combinaison, se pencha au-dessus de l'Eau Sacrée, dont les émanations corrosives lui brûlaient de nouveau les bronches et abaissa enfin le heaume opaque de la combinaison. Il avait eu le temps de s'orienter. Il avança un pied, entra dans l'eau qui, instantanément, se mit à bouillonner autour de lui. Il éprouva un pincement à l'épigastre, s'immergea complètement, s'attendant à être dissous dans les dix secondes par les acides surpuissants qui composaient « l'Eau Sacrée ». Autour de lui, le bouillonnement s'intensifiait, mais, heureusement, la combinaison au velkhur résistait encore.

Pour peu de temps.

Dans moins d'une minute maintenant, la protection cesserait. La combinaison fondrait et... Blade avec. Moins d'une minute, sans respirer, pour traverser le large fossé et se débarrasser de sa défroque. Sans se faire repérer par les gardes.

Il se laissa couler, refoulant la peur qui s'installait insidieusement en lui et, lentement, commença à nager. D'abord, il parvint à conserver cette allure qui lui permettrait de rester plus longtemps sans respirer, mais, à mesure que les secondes s'égrenaient dans sa tête, sa peur grandissait. Il ignorait s'il nageait dans la bonne direction. En changer maintenant, c'était se condamner à mort. Une mort hideuse. S'efforçant de garder son calme, comptant mentalement, il dépassa bientôt les quarante secondes. Il accéléra. Trop. Il s'essoufflait. Autour de lui, le bouillonnement devenait affolant, plus que quinze, dix secondes, cinq... c'était fichu ! Non ! Ses mains venaient de rencontrer une surface en pente. Dure et lisse. Le velkhur de l'autre berge ? Il laissa sa tête émerger. Doucement pour ne pas alerter la garde. Sa main gantée fit basculer le heaume et, malgré les risques d'asphyxie, il inspira une large goulée d'air et ouvrit les yeux.

Il avait gagné !

L'autre berge était là. Sous ses mains. Il suffisait de se hisser hors du bouillon. Très vite. Le temps de protection était dépassé et il sentait la chaleur de la combinaison augmenter. Devenir insupportable. Dans quelques secondes, le dernier millimètre d'enduit fondrait et ce serait la fin. Atroce. Il lança les mains vers le haut, mais les gants trempés et gluants glissèrent aussitôt. Le cœur dans la gorge, il étouffa un cri quand sa tête faillit s'immerger dans l'acide. Il lança encore les mains. Sans succès. Autour de lui, L'Eau Sacrée bouillonnait, fumait. C'était fini. Il allait mourir.

Dans cinq secondes... quatre...

CHAPITRE XXII

Dans deux secondes... Blade serait mort.

Puis l'idée vint. La dernière. Il tira sur son gant, étirant du même coup la manche, parvint à en arracher son bras par l'intérieur et à jeter celui-ci vers le haut. Ses doigts se plaquèrent à la paroi oblique, juste à l'endroit encore sec qu'il avait choisi. Ils glissèrent... un peu ! S'accrochèrent enfin. Suffisamment pour qu'il lance encore son autre bras.

La combinaison fondait !

Grâce au soutien de l'autre, sa main gantée put s'accrocher plus haut. A la saillie qui amorçait l'étroit chemin de visite du fossé. Ça y était. Il était sauvé. Ou presque. Il se hissa de toute la puissance dont il était capable, s'accrocha enfin à la rambarde métallique qui courait tout au long de la galerie et bascula sur le chemin de ronde. Sans se préoccuper des gardes, il arracha la pellicule gluante qu'était devenue la combinaison et, étouffant dans les vapeurs d'acide, apparut en chemise, pantalon et sac à dos aussi noirs que la muraille en granit qui cernait la grande

Cité. Mais il n'eut pas le loisir de se féliciter. Loin vers l'est, une sourde explosion fit soudain vibrer l'air.

Lakhramé.

Il avait réussi. Il avait fait sauter une partie des grillages-tonnerre à l'endroit prévu. Mais rien ne prouvait encore que Fahré soit exact au rendez-vous. Il ne devait pas signaler sa présence avant d'avoir la voie libre. Pour ne pas être dépisté par les radars qui émaillaient le no man's land. Il fallait continuer. Sans savoir. Si Fahré avait décidé de n'arriver sur place qu'à l'heure indiquée, Blade était condamné. Piégé dans la Cité Impériale. Il y mourrait alors que sa mission à lui aurait réussi. Piètre consolation.

Rejetant ces pensées moroses, il se colla à la muraille et commença à s'éloigner de la zone éclairée. Si un garde tournait la tête à cet instant...

Mais personne ne le vit. Arrivé à l'endroit où l'arrondi de la muraille le dissimulait, il ouvrit son sac à dos, en préleva une fine corde dont les grappins étaient enrobés de chiffons. L'instant d'après, il lançait l'araignée d'acier vers le sommet du mur. Cela fit un bruit qui lui parut épouvantable, mais, du premier coup, un crochet se fixa. Il vérifia la prise, passa le couteau-tonnerre qu'il avait emporté dans sa ceinture, et commença à grimper. Comparée au bain dans l'acide, cette partie de la mission ressemblait à une promenade de santé. Il risqua un œil sur le chemin de ronde, repéra la sentinelle qui, trente mètres à sa gauche, marchait tranquillement vers lui et se prépara à l'attaque. Une attaque éclair. Qui se déroula sans accrocs. Le Zohr fut proprement assommé, déshabillé, saucissonné avec la cordelette fournie par Bakhror et bâillonné avec des chiffons épais. Blade préférait cette solution. S'il pouvait éviter de tuer.

Une fois métamorphosé en garde de la Cité Impériale, il trouva sur sa droite, l'escalier de ronde. Il le dévala silencieusement, arriva sur les terrasses de la caserne et des dépôts, souleva la grille d'aération indiquée par Bakhror et se glissa dans un étroit conduit métallique. Il se laissa glisser le long d'une forte pente, atterrit dans une sorte de tube-galerie également muni d'une grille. Il y plaqua son visage, vit enfin le dépôt. Immense, faiblement éclairé par des veilleuses bleutées. Dix mètres plus bas. Il ôta la grille, accrocha le grappin à une saillie du métal et, sac et couteau-tonnerre en bandoulière, il se laissa glisser dans le vide. En bas, il atterrit sur des caisses. Toutes marquées de codes incompréhensibles. Mais, grâce encore aux renseignements de Bakhror, il en connaissait le contenu.

Des explosifs. Destinés aux mines du nord.

Il ouvrit une caisse, puis deux, trouva enfin ce qu'il cherchait. Alors, il se mit au travail. Peut-être pour rien. Il le saurait dans dix minutes.

Son travail achevé, il referma la poche pectorale de sa chemise et repartit par le même chemin. De nouveau sur la terrasse, il trouva un autre escalier de pierre qui descendait dans la cour centrale. Et vers le poste de garde où se trouvait la régie qui commandait l'ouverture de la porte et le tapis-tonnerre. Simple cube de granit noir, doté d'une porte et d'une fenêtre vitrées, tout près de la porte monumentale.

Son dernier objectif.

Mais pas tout de suite. Au dernier moment seulement. Pour éviter les mauvaises surprises. Dissimulé dans une zone d'ombre, il attendit donc. A plusieurs reprises, il lui sembla percevoir des clameurs lointaines, mais, chaque fois, son espoir fut déçu. Il ne se passait rien. Il leva les yeux vers la haute tour noire, vit l'heure s'inscrire en arcs sur le cadran et réprima un mouvement de lassitude.

C'était raté. Fahré n'était pas au rendez-vous.

Blade laissa encore courir deux arcs, puis, n'entendant toujours rien à l'extérieur, il décida d'essayer de sauver sa vie. Par la fuite. Et dans l'action. Empoignant son couteau-tonnerre, il dévala silencieusement les marches, parvint dans l'immense cour de la caserne, sans rencontrer âme qui vive. Il se glissa derrière la casemate de régie, ôta la sécurité de son arme, risqua un regard par la minuscule fenêtre. A l'intérieur, assis autour d'une table, deux gardes jouaient à quelque chose qui ressemblait aux dominos. Face à la porte close, une console supportait un complexe de curseurs de boutons, de cadrans. La régie. Sans illusion, Blade prêta une dernière fois l'oreille. Toujours pas de Fahré. Rien que le silence et le tempo un peu trop fort de son sang à ses tempes. Il récapitula son plan de secours. Simple. Faire ouvrir la porte de la régie, obliger les gardes à déverrouiller celle de la Chaussée Sacrée, neutraliser le tapis-tonnerre et foncer dans le tas des gardes à la parade.

Un plan désespéré.

Blade le savait et l'acceptait. S'il parvenait à quitter la Cité sain et sauf, il se fondrait dans la mégapole. A partir de là, il trouverait toujours un moyen. Notamment, en piégeant Bakhror à son dépôt clandestin. S'il vivait toujours. Car, dans ce plan désespéré, tout était possible. Surtout la mort.

Alors, pour lutter encore, il s'approcha de la porte et frappa. Deux coups. Impératifs. Avec l'uniforme de la sentinelle et son casque, il pouvait faire illusion une seconde. Suffisamment pour ce qu'il avait à accomplir. La porte s'ouvrit, il vit apparaître une face diaphane et frappa de la crosse de son arme. D'un bond, tandis que le garde s'écroulait contre la table en renversant les dominos, il plongea sur le second Zohr, lui enfonçant le canon du couteau-tonnerre dans le ventre.

— Vite, gronda-t-il. Coupe les circuits du tapis-tonnerre et ouvre les portes de la Chaussée Sacrée.

L'autre ne parut pas comprendre. Blade changea le canon de place, l'enfonçant dans la bouche ouverte de saisissement. Ce fut miraculeux. Subitement, tout devint limpide pour le gardien. Cou tordu par la position, il actionna plusieurs manettes, enfonça des boutons et acheva son travail en abaissant un dernier levier. Rouge.

Et les portes monumentales s'ouvrirent.

Lentement. Comme à regret. Et la luminescence menaçante du tapis-tonnerre s'effaça. D'un coup. Galvanisé, Blade envoya le garde au pays des songes et se précipita. Mais, arrivé aux grands battants qui achevaient de s'ouvrir, prêt à faire pleuvoir la mort sur les gardes de parade, il s'immobilisa, stupéfait.

Ils étaient tous à terre.

Allongés ou recroquevillés, percés de traits d'arbalètes, morts. Blade leva les yeux, vit alors la ceinture verte toute proche onduler bizarrement. L'instant d'après, une véritable armée en émergeait. Des hordes entières et silencieuses, qui déferlèrent sur la Chaussée Sacrée. Dans un ordre parfait de troupes surentraînées. Soudain, une ombre jaillit près de Blade. Fahré.

— Qui que tu sois, Richard Blade, tu es le plus brave d'entre tous. Mais, ajouta-t-il en hâte, tu es aussi en retard.

Puis il disparut au milieu de ses hommes. Des centaines d'hommes. Bien plus que Blade n'avait pu en voir au camp. Quelque peu déconcerté, il allait suivre le mouvement, quand une main l'attrapa par la manche.

— Richard Blade.

Hélé. Elle semblait heureuse. Ses yeux clairs en amande brillaient d'un éclat nouveau. Bousculée de toutes parts, elle se hissa sur la pointe des pieds, posa ses lèvres sur les siennes en soufflant :

— Si tu savais comme j'ai besoin du souffle de la sagesse !

— Hélé ! protesta-t-il. Nous avons autre chose à faire !

Encore une fois, elle le retint, l'obligea même à refluer vers la sortie de la Chaussée Sacrée.

— Toi, tu n'as plus rien à faire, Richard Blade, lui ordonna-t-elle. La suite regarde nos communautés. Mais viens plutôt, que je te présente au Sage Abékhar, mon vénérable père.

Elle désignait un homme, âgé, mais d'apparence encore solide, bien campé sur le dos d'une grande licorne richement caparaçonnée. Débordant du casque richement ciselé et enchâssé de pierreries, ses longs cheveux immaculés flottaient au vent acide. A l'arrivée de Blade et de sa fille, il sauta à terre et, à la poigne qui serra ses deux bras à la mode Arbat, Blade s'aperçut que l'homme était encore très fort. Dans ses yeux presque blancs, une lueur de gaieté passa, fugace.

— Ainsi, tu es le Grand Envoyé dont m'a parlé Hélé, ma fille bien-aimée, lança-t-il d'une voix profonde et forte. Et tu es venu en ce monde pour rétablir équilibre et paix. C'est bien. Et je me plie volontiers aux directives du Grand Géomètre, Richard Blade. Quand tu repartiras, tu pourras Lui dire qu'Abékhar le Sage respectera ses engagements. Tous ses engagements, insista-t-il, avant de serrer une dernière fois les bras de Blade et de sauter à dos de licorne.

— Et par Zélon, sois vénéré.

Puis, avalé par la horde des libérateurs d'Ozohr, il disparut dans la Cité.

— Viens, dit Hélé en l'entraînant. Ceci ne te concerne plus.

— Qu'a voulu dire ton père, à propos de ses engagements ?

Tandis que de la Cité Impériale montaient à présent des clameurs guerrières, elle lui lança un regard indéfinissable, avant de l'embrasser à pleine bouche. Il y avait dans cette étreinte quelque chose qui lui sembla farouche et désespéré. Quand elle s'écarta de lui, ses yeux étaient humides. Blade lui prit le visage dans les mains et sonda la gravité de son regard.

— Que se passe-t-il, Hélé ?

Elle ne répondit pas tout de suite. Dans la Cité Impériale, les bruits de bataille s'estompaient déjà. Au faîte de la plus haute tour, au-dessus de l'horloge des arcs, l'étendard aux armes d'Ozohr fut amené et aussitôt remplacé par un autre, comportant quatre cercles de couleurs différentes sur fond blanc.

— C'est le nouveau drapeau de notre Nation Homogène, commenta Hélé. Il est le symbole des engagements dont parlait mon père à l'instant. En effet, Fahré, Capia, le chef des Luckes et lui-même ont décidé d'associer leurs énergies afin d'édifier une Humanité plus juste. Ils ont aussi décidé d'un commun accord de ne plus se soumettre aux chantages que pourrait exercer sur les populations l'attrait discutable d'une vie éternelle. Aussi ont-ils décidé de détruire tous les stocks de Sublime Essence de Vie encore en circulation à Ozorh. Et d'en anéantir la formule.

Elle esquissa un sourire lointain, reprit aussitôt en se tournant vers la Cité :

— En ce moment, c'est ce que mon père et Fahré doivent expliquer au vieux dictateur Ozorh. Il acceptera de se rallier... ou il mourra, ajouta-t-elle dans un souffle. Comme Bakhror, qui, au dernier moment, a tenté de s'enfuir pour nous trahir. Heureusement, je le surveillais. Je l'ai abattu d'un trait d'arbalète. Il ne valait pas un rayon-tonnerre.

Triste oraison funèbre. Blade la regarda encore et lui sourit, avant de laisser tomber :

— Cela veut dire que tu acceptes désormais de vieillir, Hélé. De mourir aussi.

— Tais-toi !

Elle avait posé un doigt sur ses lèvres. Soudain rêveuse, elle souriait.

— Oui, Richard Blade. J'ai accepté cela. Dès demain, je serai définitivement privée de Sublime Essence de Vie. Je vieillirai alors très vite. Sans doute trop vite selon mes critères passés. Mais je sais que tout alors rentrera enfin dans l'ordre. Pour tous les peuples de ce monde et pour moi-même.

Elle garda le silence un instant, avant de questionner :

— As-tu réussi à faire ce que tu avais promis à Fahré ?

Blade hocha la tête, ouvrit sa poche de chemise et lui tendit un petit boîtier noir. Un bouton rouge en ornait la partie supérieure. Un détonateur à distance par ondes radio. Subtilisé dans le matériel destiné aux mines du nord.

— Tout est prêt, assura-t-il. Il ne vous reste plus qu'à faire évacuer la Cité Impériale et à appuyer sur ce bouton. Les laboratoires, les citernes de réserves de Sublime Essence de Vie sauteront avec le reste. C'est à vous de le faire, acheva-t-il. Si vous le désirez vraiment tous.

Elle hocha gravement la tête et, tandis qu'une énorme ovation montait derrière les remparts, elle l'embrassa de nouveau avec fougue. Un peu plus tard, s'arrachant à lui, elle murmura, les yeux emplis de larmes :

— Je sais que le Grand Géomètre va bientôt te rappeler, Richard Blade. Aussi...

Serrant le boîtier noir sur sa poitrine, elle hésitait à poursuivre. Comme si ce qu'elle avait à dire lui pesait trop. Enfin, reculant de quelques pas en direction de la Chaussée Sacrée, elle jeta d'une voix blanche :

— Va-t'en, Richard Blade. Va-t'en vite... s'il te plaît.

Alors, il recula à son tour, tandis qu'elle se laissait absorber par le flot des combattants et qu'il apercevait encore son visage dans la masse grise de la foule. Mais soudain, comme pris d'un vertige, il se sentit s'éloigner. De tout. Un brusque « départ » du corps et de l'âme. Très vite. Comme si une force supérieure avait craint qu'Hélé et lui ne se rejoignent pour ne plus se quitter. Il éprouva une sorte de nausée, puis, dans un maelström irrépressible, il se laissa aller au gré d'une volonté plus forte que lui.

Lord Leighton le rappelait. Rien à voir avec le Grand Géomètre ! A moins que ?...

Dans un reste de conscience, il revit le visage émouvant de la belle Hélé et, s'il n'éprouva alors aucun regret d'être ainsi privé des joies de la victoire et des honneurs de la gloire, il ressentit celui de ne pouvoir savourer plus longtemps l'accomplissement d'une aussi belle histoire.

D'une aussi belle histoire... d'amour.

Une belle histoire qu'il emportait... qu'il empor...

JAG

La brume, reptile livide, s'enroulait en spirales autour des jambes du cheval, le clouant au sol, l'empêchant de s'échapper.
De tous les arbres, les rubans de brouillard confluaient à présent vers le malheureux alezan.
Baissant la tête, Jag aperçut la brume qui commençait à ondoyer autour de ses chevilles.
— Les arbres ! hurla-t-il alors. Vite !
Cavendish voulut s'élancer à son tour, mais ses bottes restèrent engluées dans le piège cotonneux qui s'était refermé sur ses pieds et il faillit basculer en avant.
Un hennissement suraigu perça les tympans des deux hommes. Le cheval venait de basculer et la brume, carnivore commençait à le digérer.

LISEZ

Les yeux d'encre

DÉJA CHEZ VOTRE LIBRAIRE

Achevé d'imprimer en février 1988
sur les presses de l'Imprimerie Bussière
à Saint-Amand (Cher)

— N° d'imprimeur : 3592. —
— N° d'éditeur : 5463. —
Dépôt légal : mars 1988.

Imprimé en France